IWARA-IWÊ

VOLUME I

*Iwará-iwê, Volume I*

BASTOS, ALEX SOUZA

ISBN:

978-1-955213-03-5 (impresso)

978-1-955213-02-8 (eletrônico)

1ª Edição, abril de 2021.

Capa/Ilustrações: Tieê Santos: tieeilustrador@gmail.com

Tucupi Books: alex@tucupi.biz

Alex Souza Bastos: tornix@gmail.com

Para meu avô, Antônio Leão Alves de Souza, saudades demais.

Para vó Cleide, tratando peixe no quintal.

Para os tios-filhinhos.

Para dona Maria e os passarinhos.

# Sumário

# Prefácio

Na melhor tradição de escrever o que se conhece, este livro é o resultado de muitas coisas que estiveram presentes na minha vida. Não clamo ser, em nenhum momento, conhecedor das culturas indígenas – e nem tenho a intenção de desrespeitá-las de qualquer maneira. Mas trago aqui uma história sobre vários *abás*, um dos termos tupis usados para aqueles que os colonizadores chamaram de "índios".

O que está aqui reúne um pouco do que vi e ouvi em minhas privilegiadas viagens pelo Amazonas e com a convivência com a família de minha mãe, que veio de Amaturá para Manaus, trazendo consigo histórias sobre os Tikunas que visitavam a cidade, bem como os maneirismos e crenças dos ribeirinhos de antigamente. Apesar de ter nascido e crescido em Manaus, sempre me senti parte das histórias dos tempos de Amaturá, imaginando meus tios e tias ainda crianças, correndo pelas matas e nadando em igarapés. Minha avó trouxe o modo de falar e o carinho interiorano, me levando para a

Aparecida para a assistir novena na igreja e comer as iguarias amazônicas na feira. Meu avô me deu a perspectiva do homem de fora, pois tinha vindo da Bahia e foi parar em Amaturá, onde formou essa família tão cheia de histórias quanto de filhos: cinco homens e seis mulheres, dos quais de dez deles eu fui meio que um irmão mais novo, o primeiro sobrinho a correr pela casa.

Outras influências nesta narrativa vêm da minha carreira de engenheiro florestal, na qual trabalhei mais como professor e extensionista do que propriamente como engenheiro – o que me deu oportunidades únicas de ver a floresta e o homem ribeirinho e até mesmo alguns abás. Eu amei cada momento e cada passo dado na nossa floresta infinita, mesmo quando coberto de carapanãs e vendo pegadas de onça pelo chão. Não existe floresta como a floresta amazônica. A saudade que eu tenho não se mede, pois aumenta a cada dia. O fascínio também nunca diminui, pois, cada rio é um rio e cada chuva canta um canto diferente.

Esta história, então, é uma maneira de matar a saudade da terra que não é minha, porque eu sou dela e jamais poderia deixar de ser. Deixo aqui uma parte pequena do meu amor infinito por ela.

A.S.B.

# Presente de Padrinho

Em uma noite da época mais chuvosa do ano, nasceu uma menina de uma nação que não era nação e de uma mãe que não queria ser mãe. Ela nasceu em uma área de campina, coisa rara naquela floresta quente, húmida e sem fim, sob a luz de Jaci[1] e com os gritos da mãe abafados pela chuva forte que caía e escorria pelos cabelos longos do pai e pajé, Iwaruku-tê. Com eles também estavam a avó da menina, Wakirawa-ká, que era cega, mas via o destino de quem deixasse ela cheirar o pescoço e tocar no cabelo.

E Wakirawa-ká fazia isso com fervor, cheirando o corpinho coberto de parto e alisando a cabecinha da pequena que gritava por ter sido tirada de seu cantinho quente e confortável para esse mundo onde a gente precisa respirar, comer, dormir e amar para poder viver. Iwaruku-tê cuidava da mulher, muitas cheias e vazantes mais nova que ele, mas muito mais tenaz. O pajé que não tinha povo para fazer pajelança, agora pajelava a mulher, que chorava de pernas abertas no

---

[1] A lua

meio do matagal e que apertava os braços dele com tanta força que as unhas deixaram cortes que só iriam sarar dali alguns dias. Iwaruku-tê não reclamava, tanto porque ele nunca reclamava, quanto porque ele sabia que aquele sangue espremido da pele dele era uma oferenda para a chuva e para a terra, junto com o resto do parto que não seria comido pela mãe, como era a tradição das outras nações que ele conhecia. Ele tinha sentido cheiro de onça, guariba[2] e até de anta naquele dia, antes de a chuva começar, mas não tinha certeza de qual espírito a recém-nascida iria receber a bênção da floresta.

De repente, a velha gritou reclamando que a menina se cagou toda em seus braços. Ela resmungava que era pior para ela, já tinha o faro apurado por causa da cegueira e sentia o cheiro da evacuação infantil mais intensamente que o abá[3] e a cunhã[4]. Iwaruku-tê riu e até mesmo a mãe da menina esqueceu a agonia toda e riu também. O parto tinha doído tanto que ela ainda sentia fraqueza nas pernas e a virilha ardia. O alívio que muitas mães sentem depois que o bebê nasce ainda não tinha chegado, mas pelo menos foi engraçado ver a velha se limpando da merda.

Foi enquanto Iwaruku-tê segurava a bebezinha para a velha poder se limpar com a água da chuva que eles perceberam que havia uma sombra na escuridão, uma forma grande e malmente iluminada pela luz fraca da lua tinha chegado perto deles sem ser percebida.

---

[2] Macaco amazônico (*Alouatta guariba*)
[3] Homem, ser humano
[4] Mulher adulta

Era um corpanzil largo e estava parado ali não fazia nem três pernas de distância, em silêncio. Não dava para discernir nada com a chuva e a escuridão. Wakirawa-ká balançou as mãos e as esfregou no lombo, limpando os últimos resquícios do presente da neta e andou em direção da figura. A velha cunhã podia ser cega, mas tinha uma percepção quase sobrenatural e sabia quando alguém estava por perto. No meio do caminho, ela pisou em um toco de galho afiado, soltou um gemido baixo, mas seguiu em frente. A velha tinha criado um couro grosso e forte nas pernas, nos braços, na sola dos pés e nas palmas das mãos, resultado de tantas quedas e acidentes nas ladeiras e ribanceiras da floresta. Ela já era tão batida pela vida que nem sentia formiga, caba[5], lacraia ou outros bichos que ferram quem quer que apareça no seu caminho, sem discernimento do bom ou do ruim.

Quando chegou perto o suficiente, a velha apalpou a coisa grande com cuidado, e Makira-wê pensou ter ouvido a velha mãe dar uma risadinha igual de cunhatã[6] nova quando vê alguma coisa que gosta. A velha continuou apalpando e sentiu uma barriga grande e no meio dessa barriga algo se abriu, muito pouco, ela meteu a mão dentro e sentiu a textura de uma língua, de gengivas e dentes, alguns quebrados, alguns bem afiados. Ela sussurrou, com saudade, a palavra "amigo".

A coisa se aproximou segurando a mão de Wakirawa-ká como se fosse um pai gigante com a filha ao lado. Iwaruku-tê reconheceu

---

[5] Vespa amazônica (*Polistes canadensis*)
[6] Menina, garota

quem era que estava ali e deu alguns passos respeitosos para trás. Makira-wê esqueceu completamente tudo que tinha passado e até mesmo a chuva apaziguou bastante. A velha cunhã estendeu os braços e Iwaruku-tê, hesitante, lhe passou a recém-nascida. Uma mão grande e peluda, com unhas de onça e o polegar curto como de macaco segurou a bebê na palma da mão. Um grunhido de satisfação escapuliu da boca que atravessava a barriga enorme. A mão suspendeu a criança para perto do olho único que estava no alto da criatura. Uma risada foi dada baixinho e a outra mão da coisa acariciou a cabeça de Wakirawa-ká. Makira-wê nunca tinha visto a mãe desse jeito, parecia uma cunhãzinha quando encontra um açaizeiro cheio.

A criança foi dada de volta à mãe, que assim que foi segurada alcançou para o seio nu e ainda molhado, pela primeira vez recebendo alimento pela boca. Foi ali que Makira-wê se apaixonou pela menina e esqueceu toda a dor do parto e a má vontade de ter carregado aquela barriga por tanto tempo. O gigante então se virou e andou em direção da floresta, onde a ravina acabava. Os três abás ficaram parados em silêncio. A velha levantou a mão e colocou o indicador na frente dos lábios e depois mostrou uma das palmas para os outros dois. O pajé lembrou de respirar e deixou o medo escorrer pelas veias e fugir pela planta do pé até a terra barrenta onde ele pisava. Enquanto isso, a nova mãe tinha descoberto um novo mundo e nada mais importava do que aquele pedacinho de gente, mamando com tanta força nela que o mamilo doía.

Lá voltou a enormidade, andando devagar. Do lado dele vinha o que primeiro pareceu ser uma tocha de fogo que ele segurava, depois foi-se vendo que se tratava de um curumim[7] e que a cabeça dele brilhava na escuridão. Quando ele chegou perto foi que o pajé pôde ver direito que era mesmo um menino pequeno e magrinho, carinha de curumim novo, mas os olhos não tinham a brancura que todo mundo tem, eram negros como a água de alguns igarapés e se alguém olhasse para eles com atenção, começava a ver estrelas bem pequenas brilhando sem parar. A cabeça do menino era coberta de fogo, uma chama que queimava devagar e brilhava como uma tocha, mas ele não parecia sentir dor e nem se assustar com nada. Iwaruku-tê então percebeu que o menino tinha os pés virados para trás e que por isso ele andava de uma maneira estranha.

Wakirawa-ká estendeu os braços para a frente e a mão gigante da coisa guiou a velha para perto do menino de cabelos de fogo. Ela passou a mão na cabeleira de chamas, mas não gritou de dor e nem disse nada. Se ajoelhou e abraçou o menino, que até agora estava tímido e hesitante. Ele abriu um sorriso quando a velha o apertou contra o corpo ossudo que passou por tanta coisa na vida. Foi aí que o pajé percebeu que o curumim tinha os dentes azuis, e que o riso dele fazia barulho de vento nas árvores.

A velha continuou abraçando o menino, agora ela cheirava o pescocinho e sussurrava no ouvido dele em uma língua que nem Iwaruku-tê conhecia – e o pajé falava muitas línguas porque ele

---

[7] Menino, garoto

conhecia muitas nações. O curumim de cabelos de fogo continuava a dar suas risadinhas de barulho de mata a cada coisa que a velha lhe falava no ouvido e ela também dava algumas risadinhas, olhando para a filha de vez em quando. O bicho grande também ria por entre os dentes da barriga, o que assustava muito Iwaruku-tê, pois cada vez mais dava para ver a bocarra.

Finalmente, a velha largou o menino, que saiu correndo pela ravina e voltou depois de alguns minutos, sob os olhares de todos, menos Makira-wê, que só tinha olhos e coração para a bebê nova. O curumim da cabeça fogarenta veio correndo de volta com um filhote de queixada[8] atrás dele e o que parecia ser uma cobra pendurada no pescoço. Quando ele chegou perto, dava para ver que a cobrinha era feita de fumaça e os olhos eram duas bolinhas de fogo. A velha Wakirawa-ká pegou a cobrinha do pescoço do menino e deixou ela se enrolar no antebraço. Ela alisou a cabecinha, o que fazia faíscas pipocarem ao redor do corpo da serpente. Com a mão livre, ela estendeu a palma da mão para Makira-wê enquanto sussurrava a palavra "calma" repetidamente.

Para o susto de Makira-wê, a cobrinha de fumaça começou a serpentear de um braço da velha até o outro, passando enrolada pelo pescoço. A velha nem se mexia e Makira-wê se assustou muito, mas ouvindo as palavras da mãe, ficou quieta. A cobrinha subiu pela perna de Makira-wê e tocou a bebezinha na barriga com sua língua bífida. A bebê parou de mamar por um instante e deu sua primeira risada,

---

[8] Porco selvagem (*Tayassu pecari*)

um riso mudo de recém-nascido, mostrando as gengivas novas e um sorriso largo. A cobrinha então deslizou e foi em direção ao curumim dos pés invertidos, que a recolheu do chão e deixou ela se enrolar no pescoço.

A coisa grande com a boca na barriga colocou a mão no ombro de Wakirawa-ká e a velha se virou para o genro e a filha, com os olhos cegos vidrados, a expressão calma e começou a falar com uma voz que não parecia ser dela e nem mesmo de gente. Os dois abás mais jovens se assustaram, mas ouviram com atenção.

A velha explicou que a jornada deles era importante, mas que haveria chão macio e chão de pedra, nações de cara amarrada e nações de braços abertos, que a mãe nova precisaria ser mãe da mãe velha e o pai precisava ser pai de todos eles e de quem mais eles encontrassem no caminho. Que a criança era importante como a vida, mas quem cresceria seria o dia longo e a noite escura. Mas que esta noite era noite de benção, a chuva lavava a terra do caminho deles e devolvia a água do céu para a terra beber farta e crescer verde. De presente de nascimento, o pai deveria fazer um tipiti[9] fino e longo com as palhas do primeiro açaizeiro que ele encontrasse. Daquele tipiti nunca iria deixar de sair farinha, assim eles poderiam jornadear sem passar fome quando a caça fosse escassa. Outro presente era uma cuia, que iria aparecer no pé do mesmo açaizeiro, essa cuia iria carregar a água de um rio quando o caminho fosse longo. Por último,

---

[9] Cilindro de palha usado para espremer a massa de mandioca durante o processo de fabricação da farinha

ele avisou para não esquecerem do Padrinho quando a noite fosse escura demais.

Assim que terminou de falar através da velha, o padrinho da recém-nascida se virou e começou a caminhar em direção à mata. A velha caiu de joelhos, ofegante, o menino da cabeça de fogo se aproximou de Makira-wê sorrindo e lhe deu um beijo no ombro. A cobrinha aproveitou a chance e fez cócegas na barriguinha da bebê com a sua língua. O curumim então abraçou a velha que ainda estava de joelhos no chão. Enquanto isso, Iwaruku-tê olhou ao redor procurando o tal açaizeiro do padrinho. O menino, vendo a aflição do pajé, segurou na mão dele e o deixou perto da palmeira certa. Ali, o pajé estendeu a mão e alcançou uma palha que tinha se quebrado há tempos e começou a tirar as folhas. O menino catou a cuia preta que estava encostada no pé da palmeira e a deixou com Makira-wê, se despedindo com um sorriso azul e sumindo na mata.

A chuva parou e os primeiros raios de Kûara começaram a quebrar a escuridão. Quando o pajé terminou o tipiti, a velha já tinha se recuperado bem e acariciava os cabelos da filha, que dormia com a cabeça no seu colo. A bebê relaxava no outro braço. Iwaruku-tê pegou a cuia preta e a amarrou na cintura usando uma linha de cipó-titica que usava como adorno atravessado no peito. Ele andou até a mata e voltou com uma mucura[10] na mão e alguns galhos. Sussurrou para a velha algo como "presente de Padrinho" e fez um fogo para assar a refeição daquela manhã.

---

[10] Gambá amazônico (*Didelphis aurita*)

# Rumo a Mamoré

Dias depois, os três abás sem nação e a bebê desciam uma ladeira para chegar a um igarapé lá no fundo. Iwaruku-tê viu cutia lá embaixo e do alto também se via as frondosas folhas de um buritizal em toda sua beleza. Ou bicho ou fruta, ali havia o que comer e água de igarapé para beber. A verdade é que eles queriam mais as cutias, agora que o tipiti do Padrinho estava pronto, farinha não faltava. O problema é que farinha enche a barriga, mas não alimenta, só complementa. E a nova mãe precisava de sustento de qualidade. Eles encontraram maracujá do mato, açaí e patauá nessa caminhada, mas a carne de bicho era o que dava desejo na ex-grávida. O Padrinho não deu mais sinal de vida, nem os primos cobra-fumaça e curumim de fogo. E os quatro tinham que continuar sua caminhada.

Enquanto descia devagar, procurando o melhor caminho para que as cunhãs pudessem descer em segurança, Iwaruku-tê baixou a guarda do pensamento e começou a se lembrar da própria vida. O agora pajé perdeu sua nação toda para a guerra. Ainda criança, os Filhos da Onça invadiram sua pequena aldeia e Iwaruku-tê viu todo mundo que conhecia ser morto e arrastado e empilhado em um grande amontoado. Os Filhos da Onça comerem uma parte dos corpos e tacaram fogo no resto. O menino sobrevivente passou três dias sentado em um galho de árvore com medo de ser pego e só desceu porque já tinha desistido de viver. Ele andou ao redor dos corpos e encontrou a mão semidevorada da mãe, ainda parte de um corpo chamuscado que por algum milagre deixou o rosto intacto. Ali mesmo, o menino que se tornaria pajé enviou a mãe e os parentes ao mundo dos mortos à maneira que viu seus parentes mais velhos fazerem, entoando um canto triste que ele ainda não tinha aprendido direito. Procurando o que sobrou da nação, encontrou a oca do pajé intocada. Não era surpresa, pois acreditava-se que os pajés prendiam maus espíritos em suas ocas e só eles sabiam como controlá-los. Iwaruku-tê não encontrou nada de mau por ali, mas encontrou plantas, pós e raízes que tinha visto o pajé usar. Também encontrou comida, na forma de uns beijus duros e de cor amarelada. O menino encheu um paneiro com o que podia carregar e saiu dali se despedindo de seu povo. Com fome, comeu o beiju amarelo e recebeu a visita dos espíritos de seus parentes naquela noite, veio muita gente ver o menino, mas ninguém falou nada, a não ser o pajé recém-morrido que apontou uma direção ao curumim e lhe deu um safanão que o apagou. O curumim acordou em sua consciência própria dois dias depois, em uma praia de água barrenta, as pernas todas cortadas de tiririca e um colar de dente de onça na mão. Ficou ali desnorteado tentando lembrar de alguma coisa, quando chegou uma canoa com três abás que ele nunca havia visto antes. Eram três pajés de nações diferentes, um deles uma mulher. O curumim contou sua história e os pajés choraram com ele a dor de perder tudo. Daí, decidiram tomar o curumim como seu aprendiz e fizeram um tapiri para ele naquela praia e ali ensinaram a ele tudo que sabiam.

Acontece que os três eram de nações diferentes e cada vez que Jaci mostrava o rosto inteiro, eles se encontravam ali para trocar pajelanças e materiais que ajudavam suas respectivas nações. A praia era considerada terreno sagrado e nenhuma das três nações jamais ia por ali, com medo das assombrações que os pajés diziam que havia por lá. Com isso, o último curumim de uma nação desaparecida por óbito aprendeu o melhor de três povos, incluindo suas línguas e pinturas. Um dia, porém, só veio a pajé velha, com choro nos olhos ela veio mandar o menino embora, pois o encontro de pajés foi descoberto e os outros dois foram mortos. A velha veio ali se despedir da vida, pois já estava adoecida e sabia quando ia morrer, e aproveitou para deixar com o Iwaruku-tê, agora um rapaz, os últimos conhecimentos que tinha e enviá-lo em segurança para longe dali.

Ela o orientou a ir para Mamoré, um rio longe, mas seguro. Disse que ele deveria ir na direção desse rio, pois seu destino era por aquelas bandas. Esse seria um caminho de paz e talvez até de amor, até onde ela sabia. Iwaruku-tê chorou abraçando a segunda mãe que teve e pediu para ficar com ela mais um pouco, mas percebendo que a hora chegava, ela mandou o rapaz embora, explicando que era hora de ela chamar os dois amigos falecidos para morar com ela naquele tapiri onde eles criaram aquele curumim perdido, o filho que eles nunca tiveram e que amavam tanto.

Pela segunda vez na vida, Iwaruku-tê perdeu tudo que conhecia e toda gente que amava. Mas essa era a vida do povo da selva naquela época. Fora os pajés e tuxauas, pouca gente ficava de cabelo branco, morrendo antes disso. Se não era onça ou cobra, era guerra ou feitiço. Ele tinha sorte e sabia disso. Abraçou a velha bem apertado e beijou a cabeça raspada à moda da nação dela. Se despediu dela como se despediu de sua mãe naquele dia sangrento, segurando a mão e entoando uma canção sem fim, que ele repetiu até estar longe dali e as lágrimas serem tantas que sufocavam a voz.

De vez em quando Iwaruku-tê revivia essas memórias, não por vontade própria, mas porque o coração não esquece mesmo. Ele foi lembrando disso tudo enquanto ajudava Wakirawa-ká a descer a ladeira, depois de trilhar o melhor caminho. Makira-wê tinha adquirido uma força e agilidade desconhecidas em cunhã que havia tido parto há poucos dias e descia a ladeiro rápido como uma macaquinha, a bebê no braço, de olhinhos fechados bocejando com os sacolejos da descida. Já Wakirawa-ká parecia estar mais velha e cega do que nunca e o pajé praticamente a carregava ladeira abaixo.

Finalmente, chegaram perto o bastante do pé da ladeira para tentar pegar as cutias que ali se fartavam com os buritis que tinham caído do buritizeiro. Iwaruku-tê se esgueirou com cuidado atrás de um arbusto, olhando com cuidado para ter certeza de que não havia formiga nem cobra, e espiou as cutias. Era um lamaçal areento, típico de onde cresce o buriti farto. Uma clareira se abria como um cone, deixando bastante luz entrar ali. Os frutos caídos no chão eram comidos sem pressa pelos roedores da mata e o igarapé raso que corria ali quase não tinha correnteza. O pajé pegou seu arco, que carregava pendurado nas costas e uma das duas flechas que tinha, com a ponta banhada em uma mistura de cuspe com ervas, que paralisavam um animal pequeno em poucos momentos depois de o atingirem e deixavam um animal grande ficar lento por alguns dias. O veneno nem foi preciso, pois, a flecha disparada acertou a cutia em cheio no ânus, empalando o roedor. Makira-wê ria que chorava e Iwaruku-tê tentava explicar que a cutia se virou no último instante para a direção de onde a flecha vinha. Quando ouviu a história, Wakirawa-ká deu um tapa na bunda do pajé, que já estava envergonhado e ficou mais ainda com a brincadeira da velha que ficava chamando-o de caçador bom, entre uma risada e outra.

Ainda rindo, a mãe deixou a recém-nascida nos braços da avó e pegou o tacape que carregavam, rumando adiante para pegar a caça. Quando ia chegando perto, viu que uma cunhantã bem pequena estava ali, parada, olhando para o sangue escorrer da cutia. Quando a menina olhou para Makira-wê, ela percebeu que a menina tinha os olhos da cor da água do igarapé, um amarelo manchado e transparente que mudava constantemente. A mãe nova perguntou de onde a cunhãzinha tinha vindo e qual era a nação dela. Tentou em duas línguas que conhecia, mas só recebeu silêncio. Quando se virou para chamar Iwaruku-tê, sentiu a mão gelada e pequena em seu braço.

"Esse sangue é pra mim." Disse a menina. Makira-wê não sabia o que fazer, pois não esperava nada assim. Ficou sem ação por alguns momentos e então explicou que precisava da caça. A menina olhava para ela e disse com um tom ameaçador: "EU quero esse sangue. É MEU!". Foi aí que as coisas ficaram estranhas e Makira-wê percebeu que a água do igarapé tinha subido a agora chegava na altura da canela, a corrente ficando cada vez mais forte ao ponto de carregar a areia fina do buritizal, deixando a água, antes transparente, de uma mistura de cores de cinza e amarelo claro. A mão da menina começou a apertar o braço dela com mais força do que uma cunhã deveria ter. Com medo e com coragem ao mesmo tempo, a mãe nova se moveu rápido se desvencilhando da pegada gelada da menina, catou a cutia morta e, ao mesmo tempo, jogou o tacape na direção da cunhantã. O objetivo dela era só assustar, mas a arma voou certeira em direção à cunhatã. O tacape deveria ter batido na testa da cunhã, mas em vez disso a arma atravessou o corpinho, que se desfez em respingos de água voando para todo o lado e findou-se enfiado de ponta em um dos troncos de buriti.

Tudo isso não foi visto pela mãe nova, que depois de pegar a caça saiu correndo em direção aos outros o mais rápido que podia. Quando os viu, tentou apressá-los a sair dali, mas a velha cega e o pajé já tinham se acomodado ali e começado uma fogueira para assar a caça. Makira-wê se desesperou, mas quando olhou para trás não viu a menina e o igarapé já tinha se aquietado. Sem ter o que mostrar e não querendo acordar a bebê e nem perturbar a mãe, sentou-se ofegante e frustrada com a coisa toda. Iwaruku-tê ficou desconfiado do comportamento da esposa e desceu para ver se tinha alguma coisa errada. Só encontrou o tacape preso no tronco de buriti, que retirou sem muito esforço. Antes de voltar, acariciou o local da ferida na palmeira e pediu perdão pela mulher. Voltando ao seu pequeno grupo, começou a preparar a caça para fazer a refeição do dia.

Fora de vista, na palmeira ferida, a cunhantã da água apareceu de novo e, acariciando o buriti, foi fechando a ferida do buritizeiro enquanto olhava na direção do pequeno grupo.

## Sonhos

Dias depois, as caminhadas levaram os viajantes para um rio grande. Lá os peixes seriam mais fartos e havia chance de encontrar alguma nação. Com a bênção do Padrinho e o que ele falou quando a bebê nasceu, Iwaruku-tê estava tranquilo de que poderia procurar alguma nação sem medo, agressiva ou não. Com certeza ele não queria encontrar os Filhos da Onça, mas eles moravam em um território distante e ele queria mantê-los somente nas memórias que queria esquecer.

Se desfazendo das lembranças ruins por um instante, o pajé avisou que ia pescar. A velha e a mãe nova se sentaram embaixo de um açaizeiro e começaram a fazer farinha com o tipiti do padrinho. Bastava puxar pelas alças, uma pessoa de cada lado, que a água escorria. Depois, elas viravam o tipiti com uma das bocas para baixo e dali saia a massa de farinha, que secava rápido e se esmigalhava quando se pegava com a mão, já na granulagem boa para se comer. As cunhãs fizeram três porções de farinha, colocando em folhas grandes para não sujar de terra. Makira-wê começou a dar de mamar para a bebezinha e a velha se ajeitou para dormir e perder a fadiga. Estava ficando cada vez mais cansativo dar cada passo. Ela agora dormia com mais frequência do que antes e pelo menos cinco vezes ao dia ela pedia para os mais novos pararem por ao menos um bocado para que ela tirasse o cansaço das costas. Os dois tinham bastante paciência com a velhice da velha e ela sabia disso.

Quando era jovem, paciência era coisa que ela não tinha muito. A avó dela a chamava de Waki-ikry[11] porque ela nunca parava quieta. Até o dia em que perdeu a visão, Wakirawa-ká andava sempre em passo apertado, quase correndo. Os músculos jovens e fortes a ajudavam a subir em qualquer árvore, mais rápido até que os guerreiros mais experientes da nação. Foi assim que ela conheceu o pai de Makira-wê, um abá de uma nação vizinha que era muito magro para ser guerreiro, mas insistia em ser um, acompanhando os caçadores de longe e pegando sua própria caça. Um dia as duas nações realizaram uma festa juntos para fazer escambo e manterem a paz. Um dos jogos foi subida de açaizeiro. Karikê-tê foi único homem que derrotou Wakirawa-ká na subida e além do ramo de açaí, também colheu o coração da cunhã naquele dia. Os dois passaram a se encontrar com frequência e ele trazia as caças e as frutas mais bonitas para ela. Um dia, ela voltou para sua oca e encontrou o abá magro lá dentro, todo ensanguentado e sorridente. Do lado dele, uma pico-de-jaca[12] e uma onça estavam estendidas, mortas.

---

[11] *Ikry*: Fogo
[12] Maior serpente peçonhenta da América Latina (*Lachesis muta*)

Wakirawa-ká chorou tanto quando Karikê-tê deu seu último suspiro, sorrindo e agradecendo a ela pelo amor que ela tanto deu. A onça virou forro da redinha da bebê, que nasceu meses depois. A cobra virou um adorno que foi enterrado junto com o falecido. Wakirawa-ká virou mãe velha, pois já tinha passado da idade boa para se ter filhos nessa época, mas ninguém falava nada e nem condenava ela, pois quando a bebê começou a andar foi a mesma época em que perdeu a visão desse mundo e ganhou a visão do futuro de quem deixasse ela ver.

Nesses dias de tanta caminhada, Wakirawa-ká sonhava muito com o falecido marido, que nos sonhos segurava sua mão e apontava para onça que tinha matado, o espírito do animal sempre ao lado dele. Então de repente ele ficava envelhecido, da mesma idade da velha cega. Ele parava e ficava olhando para a filha que nunca tinha conhecido e em seguida começava a andar. A onça então se aproximava e ajudava a velha a seguir o marido, deixando que ela segurasse na cauda enquanto a guiava pelas trilhas cheias de névoa.

A velha acordava perturbada com isso tudo, mas não falava nada para os outros dois, até porque ela mesma não entendia bem o significado do sonho. Wakirawa-ká tinha aprendido muita coisa depois de ficar cega, inclusive como conversar com a mata e com os espíritos que lá viviam. Ficou com uma sapiência que poucos abás tinham ou haveriam de ter. Mas sonho era como o futuro alheio, difícil de interpretar e mais difícil ainda de ser explicado para os outros. Quando começou a ver o futuro, a velha contava o destino do destinado, se ele quisesse saber, mas com frequência, a pessoa não entendia nada e acabava achando que a velha mentia ou devaneava. Às vezes, porém, a pessoa escutava e sabia exatamente do que a velha estava falando e por isso se acabava de tristeza, pois até no futuro alegre, sabe-se que vai se perder alguém ou alguma coisa. E todo ser vivo, seja abá, seja bicho, seja espírito da mata, não sabe lidar bem com a perda. Aprende a aceitar e ter saudade, mas perder é parte da vida, é ferida que não sara, assim como a memória de Karikê-tê não deixava Wakirawa-ká e ainda por cima queria mostrar um caminho para alguma coisa que ela não conseguia ver.

Era costume dos três viajantes de toda manhã se sentar antes de começar a caminhada e deixar a velha afagar a cabeça e dar um cheiro no pescoço do pajé, da mãe e da bebezinha, para ver se iriam correr algum perigo. Mas desde o nascimento da menina ela não conseguia ver nada. Ela viu o futuro do curumim de fogo que veio de mãos dadas com o Padrinho e até da cobrinha de fumaça que faiscava de alegria. Ela os viu virando lendas contadas nos ouvidos de caçadores e guerreiros de várias nações, viu o curumim já homem, montado no queixada, batendo nos troncos das árvores para avisar de chuva forte. Viu a cobra de fumaça crescida, cuspindo fogo e assustando gente ruim e iluminando os caminhos de gente boa. Viu também eles desaparecerem das bocas e dos corações dos povos, mas permanecendo na floresta. Esse também era o futuro do Padrinho, mas só em parte. Ele não a deixou ver tudo.

Perdida nesses pensamentos, a velha nem percebeu que Iwaruku-tê já tinha ido e voltado com um ramo de açaí madurinho para acompanhar o peixe que tinha pescado. Ela só foi perceber isso quando Makira-wê colocou um punhado das bolinhas roxas na mão dela, dizendo para ela comer. A velha cheirou o açaí, que tinha amadurecido bem e estava uma delícia. Os três abás estavam chupando os frutos quando, mais ou menos na metade do ramo, um tucano pousou no meio deles e começou a comer algumas das frutas. Iwaruku-tê puxou o ramo do bico do pássaro e tentou lhe dar as sementes chupadas e sem polpa que se acumulavam onde ele e Makira-wê as jogavam, mas o tucano insistiu em querer os frutos inteiros. Começou um puxa-encolhe entre o pajé e o pássaro, para o deleite de Makira-wê, que ria e explicava para a mãe o que estava acontecendo, a velha dando uma risadinha a cada pedaço da narrativa. Quando o pajé já havia se cansado e quase desistido, chegaram mais dois tucanos, e dessa vez eles começaram a bicar as pernas do pajé. Nisso, Makira-wê parou de rir e deixando a bebê com a avó, se levantando para afugentar a passarada que azucrinava o marido. Nenhum dos dois queria bater nos tucanos, mas eles não paravam de bicar e beliscar.

Já tendo soltado o ramo de açaí, os dois agora abanavam os braços para tentar se livrar dos bicudos agressivos, até que um assovio alto foi ouvido e os pássaros finalmente voaram dali, se empoleirando em um galho alto. Quando o pajé e esposa se viraram na direção do assovio, viram algo inesperado: quatro abás com pintura de guerreiro em pé, cada um com três tucanos, um em cada ombro e outro na cabeça, segurando tacapes e cercando a velha cega que segurava a bebezinha. Mais tucanos chegaram, pousando perto dos abás, que também se enfeitavam com penas desses mesmos pássaros. A passarada fazia um barulho enorme, o que levou Wakirawa-ká a cobrir um ouvido com a mão enquanto apoiava o outro ouvido no ombro, ao mesmo tempo em que puxava a bebezinha contra o corpo magro para cobrir os ouvidinhos. Outro assovio alto foi ouvido e a passarada se aquietou. Por trás do pajé e da cunhã, sem eles perceberem, veio outro abá enorme de gordo, que colocou as mãos nos ombros dos dois.

## Tucanato ribeirinho

Wakirawa-ká sentia as unhas dos tucanos nos ombros magros, eles iam e vinham pulando de um lado para outro. Depois que ela resolveu começar a contar, foram pelo menos dez pássaros pousando nela, e desses uns cinco fizeram cocô na cabeça ou nas costas dela. Sendo cega, ela não via que Makira-wê estava tendo muito mais dificuldade em manter a passarada longe da bebezinha, que atraía os bicudos com seu choro de criança irritada.

E a bebê tinha muita razão de se sentir tão desconfortável. Seus três parentes estavam sendo escoltados por cinco abás que eram constantemente revoados pelos pássaros bicudos que faziam uma algazarra de assobios e bicadas e cocô nos três visitantes. Iwaruku-tê observou que os tucanos não cagavam e nem incomodavam os abás a quem eram leais, então essa nação deve ter encontrado uma maneira de fazer os bichos obedecerem.

Não era a primeira vez que ele tinha ouvido falar de gente que sabia falar com bicho. Nos primeiros tempos em que começou a rumar para Mamoré, encontrou um abá velho que andava com três cachorros-vinagre e tinha até ensinado eles a trazer peixe. Já tinha visto gente chamar boto da beira da canoa e até andar no meio de jacarés. Mas tucano é pássaro arisco, inquieto e medroso, que voa pouco e reclama muito. Além disso, Iwaruku-tê não esperava encontrar uma nação tão rápido - ou ser encontrado, como tinha acontecido.

Já fazia tempo que andavam e a mata escureceu com aquela escuridão húmida e fria de clima de chuva, onde até as árvores parecem que se preparam, dando a impressão de que se curvam um pouco, a bicharada vai ficando quieta e até os carapanãs param de incomodar. Makira-wê reforçou a pegada da filha e trouxe o corpinho para junto de si, já esperando a chuva desabar e fazer a menina chorar ainda mais. O barulho de trovão anunciava Tupã e sua fúria se aproximando e um vento frio soprou, fazendo as árvores soltarem aquele barulho de água corrente que a infinidade de folhas imita tão bem.

Olhando para cima para proteger a filha dos pássaros, Makira-wê só percebeu que tinham chegado em algum lugar diferente quando a passarada finalmente a deixou em paz e ela olhou novamente ao seu redor. Estavam em um açaizal vasto e bonito. Todas as palmeiras pareciam estar carregadas com a fruta roxa e a tucanada se fartava com tanta comida. Seguindo caminho adentro, chegaram na aldeia, um aglomerado de ocas de teto baixo se estendia além do açaizal. Ali havia muitos abás e no ombro de cada um havia um tucano. Alguns outros pássaros também estavam por ali, mas quase não se percebia, afinal a tucanada fazia uma baderna sem fim, que não parecia incomodar os moradores. O chão daquela aldeia era de uma areia úmida e fria, coberta pelas sombras das árvores e palmeiras, com o Kûara brilhando e se espalhando em mil raios que atravessavam as copas. Era um lugar bem agradável, mesmo com a passarada fazendo algazarra.

Quando adentraram mais na aldeia, a criançada veio ver quem eram os visitantes, junto com algumas cunhãs e as velhas da nação. Havia poucos homens naquele momento, provavelmente porque era dia de caça ou pesca, quando a maioria está fora. Makira-wê olhou o povo que veio presenciá-los. Pareciam com outros abás, só que mais gordinhos. A curuminzada corria ao redor deles enquanto as mulheres apontavam e falavam alguma coisa na língua local. Era uma algazarra sem tamanho e uma surpresa que a bebê ainda não tinha começado a chorar de novo.

Finalmente, um assovio alto e uma voz humana imitando o grito dos guaribas silenciou tudo. Os pássaros todos se aquietaram, com alguns ainda procurando um galho firme para se empoleirar e se aquietando logo em seguida. Até o pica-pau parou de picar nessa hora.

De dentro da oca mais larga, saiu um abá velho e gordo. Seu rosto rechonchudo tinha bochechas grandes e olhos quase fechados de tão puxadinhos que eram. Nos pulsos, enfeites de cipó-titica feitos com muito cuidado se enrolavam até metade do antebraço. A barriga grande era pintada com listras que destacavam o umbigo, se abrindo em um triângulo invertido até a parte superior do peito. No ombro direito, havia um couro de cobra-grande enrolado em muitas dobras, mostra de que um dia tinha sido de uma jiboia dessas que crescem mais longas que canoas e mais grossas que tronco de maçaranduba. Em cima desse couro, que servia de proteção para a pele do ombro do abá velho, estava um gavião-real, todo imponente, com garras do tamanho de um punho e um bico capaz de degolar uma onça. O gavião olhava ao redor como que reforçando a autoridade do tuxaua. Os pássaros todos olhavam atentos na direção do rei dos céus amazônicos e do rei da nação. Mesmo os abás da nação estavam em silêncio respeitoso, voltando-se para o tuxaua e abrindo caminho cerimoniosamente para o homenzarrão e seu pássaro.

Quando se aproximou dos prisioneiros, o tuxaua parou e olhou os três de cima a baixo. Vendo Wakirawa-ká debilitada e arranhada, se moveu rápido como ninguém jamais esperaria que um homem daquele tamanho se moveria e desceu um safanão em um dos abás que seguravam a velha pelo braço. Pelo que Iwaruku-tê conseguiu entender do dialeto deles, o tuxaua esculhambou os abás e mandou levarem a velha para o pajé para tratar dos arranhões. Depois disso, ele apontou para Makira-wê e deu ordens para algumas das cunhãs a levaram dali. Finalmente, se virando para Iwaruku-tê, se aproximou e começou a cheirar o pajé bem de perto, o gavião com o bico muito próximo dos olhos e o olhar feroz que só os predadores maiores têm. O tuxaua se afastou e virou as costas enquanto dizia para que fizessem o abá prisioneiro o acompanhasse. Como Iwaruku-tê já começava a entender o dialeto um pouco, começou a seguir por conta própria, para o espanto dos outros abás. O tuxaua deu uma olhada por cima do ombro e riu alto, quebrando a tensão da cena e fazendo a passarada, que até então estava tão quieta que se podia ouvir o vento, a cair em uma cachoeira de cacarejos, cantos e gritos. Até o pica-pau voltou a trabalhar com toda força e o resto da nação se dispersou.

Dentro da oca, o tuxaua gordo colocou o gavião real em um poleiro escavado em uma sapopema enorme de uma árvore que servia de coluna de apoio central para a oca. Essa oca era bem diferente do que o pajé tinha visto, feita com o mesmo esmero de um paneiro, as palhas trançadas com cuidado e o desenho de um grande pássaro cobrindo todo o teto interior. O chão de terra batida era bem limpo, com esteiras para todo lado, algumas com desenhos de gente, outras com desenhos de pássaro. Para Iwaruku-tê, foi dada uma esteira com o desenho de um círculo vermelho, com quatro pássaros voando em direção ao centro. Quando ele se sentou na esteira, quatro abás o cercaram, tacapes na mão e olhar na direção do tuxaua, que se ajeitava na esteira.

O tuxaua começou a falar devagar, dizendo que via que Iwaruku-tê entendia mais ou menos a língua do povo dele. Como e por que não interessava, mas ele estava impressionado e isso vinha de alguém que domava um gavião-real. O tuxaua continuou explicando que, infelizmente, os três abás invadiram uma área onde a nação estava estabelecendo uma relação com novos pássaros.

Essas áreas eram aproximadas com muito cuidado para não espantar os aliados alados enquanto se fazia o primeiro contato. A nação se chamava de Tucanato e por muitas cheias e vazantes, tinha cultivado uma relação forte com os pássaros, já que tinham como deus protetor o Uirapuru, o pássaro que sempre se ouvia, mas nunca se via. Seguindo o exemplo de seu deus, a nação não queria ser vista, principalmente com seus parceiros alados. Mas agora três abás que eles não conheciam sabiam de sua existência.

Iwaruku-tê tentou explicar, usando palavras e gestos, que chegaram ali por acidente e que rumavam a Mamoré e não tinham nação. O tuxaua disse que entendeu um pouco do que o pajé quis dizer, mas que não tinha escolha senão mantê-los prisioneiros. Assegurou que a bebê ficaria bem e que a cunhã velha seria tratada com respeito. Depois disso, outros abás vieram e levaram o pajé para uma oca que tinha um tipo de porta feita troncos finos e cipós. Deram a ele uma rede e alguma comida e o deixaram sozinho.

O pajé adormeceu. Sonhou com tucanos e gaviões voando em círculos sobre uma pedra gigantesca. Sentado na pedra, havia um abá muito bonito, seu peito era vermelho e ele chamava o pajé para perto. Quando se aproximou, Iwaruku-tê percebeu que o cocar do abá não era um cocar, e sim penas que saíam de sua cabeça. O abá também tinha penas pequenas e bonitas saindo de seus ombros, seus dedos tinham a pele e as unhas como a pele e as garras dos pássaros. Os olhos eram os mesmos olhos do gavião real. O abá-pássaro apontou para o chão e gesticulou para que seu convidado se sentasse. Daí, pegou uma flauta e começou a tocar. A canção começou com o canto do uirapuru, mas foi mudando e mudando e formando imagens. Tudo desapareceu e Iwaruku-tê estava à beira de uma lagoa esverdeada, uma cunhã chorava muito, de joelhos no chão de areia húmida. Da água, saiu uma cunhãzinha que abraçou a moça e do céu desceu um gavião-real carregando uma flauta. A moça, abraçada pela cunhã da água, recebeu a flauta e gritou em agonia, chorando ainda mais alto. A cunhãzinha pegou um pouco de água do lago e com gentileza molhou os cabelos e o rosto da cunhã chorona, que se acalmou um pouco. Da floresta, apareceu o Padrinho, que disse algo para a moça. Ela limpou as lágrimas do rosto e começou a tocar a melodia do Uirapuru, enquanto novas lágrimas lhe escorriam pelas bochechas. O Padrinho então abriu sua mão grande e na palma estava um passarinho muito pequeno, que começou a cantar aquela melodia e voar ao redor da cunhã.

Iwaruku-tê voltou ao local onde o abá-pássaro estava. Ele havia parado de tocar a flauta e pegou o convidado pela mão, fazendo-o se levantar. Os dois andaram alguns passos de mãos dadas e o abá-pássaro apontou para longe. Na distância, se via uma nação. O abá-pássaro então se virou e pôs uma mão no ombro de Iwaruku-tê, as garras começaram a apertar e o pajé gritou de dor, enquanto do bico do outro saía o grito feroz do gavião-real.

## Ainda no Tucanato

Iwaruku-tê acordou com a cara no chão de terra batida. Ainda assustado com o sonho, olhou como podia para o próprio ombro e passou a mão esperando ver sangue. Nada. O coração batia forte e ainda estava muito confuso. Sentiu um impacto no rosto que o tirou de si e o fez acalmar. Com a mão no local do impacto e sentindo sangue entre os dentes, olhou na direção de onde veio o golpe e viu um abá velho na sua frente, quase encostando uma cabeça com a outra. Era o pajé do Tucanato. A vara que foi usada para "acordar" Iwaruku-tê era um bastão cerimonial, adornado com penas de muitas cores e ossos pequenos e secos amarrados com cipó. No ombro do pajé velho, uma coruja se sentava quieta, os olhos semiabertos, como se estivesse caindo no sono. O pajé velho perguntou se Iwaruku-tê tinha finalmente acordado e ele respondeu em três línguas a palavra "sim". O pajé velho riu quando ouviu aquilo e respondeu em uma das línguas que era raro ouvir alguém falar a língua cutia-mansa naquela região. Iwaruku-tê esqueceu a dor e sorriu por um momento ao ouvir uma língua em que era fluente ser professada por outro pajé. Se apresentou como o pajé sem-nação, esposo da mãe nova e pai da recém-nascida, parente por casamento da cunhã velha. O abá velho se apresentou como Tepahaua-cá, pajé dos pássaros, filho de pajé com pajé, sabedor das doenças de homem e pássaro e amigo das onças e das antas. Tepahaua-cá contou rapidamente que aprendeu a língua cutia-mansa em uma viagem de escambo de ervas e conhecimento. Iwaruku-tê contou que aprendeu a língua de forma parecida, mas não contou toda a sua história.

Tepahaua-cá viu algo e se aproximou de Iwaruku-tê, alisando o ombro do abá. Disse então que talvez ele não pudesse ver, mas havia uma tatuagem no ombro dele, cinco linhas que engrossavam de muitas finas para listras arredondadas no meio, como se fossem uma cicatriz deixada por um pássaro muito grande. O pajé novo explicou ao pajé velho o sonho que teve e tentou sentir as marcas deixadas pelo abá-pássaro.

Tocando no ombro do prisioneiro novamente, Tepahaua-cá deixou escapar uma expressão de satisfação e começou a balbuciar na própria língua. Levantou-se e deu a mão a Iwaruku-tê, ajudando o abá novo a se levantar. Ainda segurando sua mão, o guiou para fora da oca onde estavam e começou a andar, se apoiando no cajado cerimonial e largando a mão do pajé novo para se apoiar ombro dele. Um do abás que havia capturado os três viajantes veio correndo em direção deles gritando algo, mas o velho se moveu muito rápido e com um só golpe do cajado levou o captor ao chão com o nariz ensanguentado. O abá protestou com as mãos segurando o nariz quebrado, mas Tepahaua-cá apontou a marca no ombro de Iwaruku-tê e disse algo que fez o raivoso se levantar e sair do caminho sem dizer mais nada.

Falando novamente na língua cutia-mansa, o pajé velho explicou que Iwaruku-tê foi visitado pelo deus Uirapuru, que isso era coisa rara de acontecer com visitantes e até mesmo membros da nação. Ele explicou que era o pajé exatamente porque já tinha sido visitado três vezes pelo deus e mostrou as marcas onde havia sido tocado: um par de garras na barriga e mais uma marca na parte de trás de cada um dos braços magros. Essas últimas marcas, ele contou, foram feitas quando o deus Uirapuru o levou ao céu e mostrou onde a nação deveria procurar novos pássaros e para onde eles deveriam ir quando o tuxaua morresse. Com isso, entrou em uma oca pequena e desenrolou uma esteira onde Iwaruku-tê viu algo que nunca havia visto antes: eram desenhos daquela região, com marcas, mas vista do ponto de vista dos pássaros, muito do alto.

A pintura mostrava os rios e igarapés, fazendo fácil entender de onde se vinha e para onde se ia. Mamoré estava mais para o lado de Kûara que dorme do que do Kûara que acorda, isso Iwaruku-tê sabia. Mas de acordo com o desenho dos rios, o caminho que ia levar ele para lá era na direção que segue a própria sombra quando o dia é novo, antes de o Kûara ficar alto e as sombras ficarem redondas e pequenas. Fazendo o possível para se lembrar do que via, ele perguntou ao pajé velho mais detalhes, o outro respondia tudo e explicava ainda mais. A um certo ponto, lembrou-se que era prisioneiro do tucanato, mas o pajé velho abanou a cabeça e disse que pássaro nenhum fica preso em oca, pois o céu é a oca deles. E agora o jovem pajé, tocado pelo uirapuru, era um pássaro como os tucanatos. Iwaruku-tê recebeu isso como um sinal promissor e continuou as perguntas.

Na oca das mulheres, Makira-wê terminava de dar de mamar para a bebê gulosa, que parecia engordar a cada dia. Colocando a criança em uma rede, a cunhã finalmente teve tempo para se coçar, limpando a poeira do corpo e esfregando os cortes de tiririca e os arranhões dos tucanos que ganhou naquele dia difícil. Dentro da oca havia um córrego bem pequeno com água corrente que se acumulava em um buraco do tamanho de um paneiro, provavelmente cavado pelos tucanatos para não ter que carregar água de longe. Isso era coisa que Makira-wê nunca havia visto antes e achou algo maravilhoso. Fazendo uma concha com as mãos, bebeu até saciar a sede. Aproveitou então para lavar os machucados. Os cortes de tiririca ardiam, mas pelo menos a água acalmava a coceira que fica ao redor dos ferimentos. Lavou bem todas as partes do corpo, com cuidado para não fazer lama no chão de terra batida da oca. Sentiu um alívio que percebeu que não sentia desde que pariu a nenê, que agora dormia na rede, já no terceiro sono. Uma cunhã tucanata entrou só para deixar alguma comida, um pouco de carne que parecia ser de macaco e algumas frutas. Makira-wê comeu com vontade e se espichou no chão da oca, se espreguiçando. Adormeceu.

Enquanto ela dormia, um pequeno redemoinho começou a se formar na poça de água, que começou a se mexer e formou primeiro uma mão, que se estendeu aberta para cima, como se tentasse alcançar algo. A água da poça foi secando à medida que ia dando forma ao que agora era um braço inteiro que se estendia para fora da poça, os dedos tocando o chão, procurando alguma coisa. Como não alcançou nada, o braço d'água mudou, se transformando para um cipó que ia afinando à medida que se esticava. O cipó líquido finalmente tocou o fundo da rede onde a bebezinha dormia e tentou alcançar a parte de cima, mas não havia água suficiente para manter a forma e o cipó começou a recuar devagar, reenchendo a poça à medida que se desfazia. Assim que se desfez completamente e a poça encheu outra vez, a cabeça de uma cunhatã se formou até a altura dos olhos, que se abriram e viram Makira-wê dormindo e a bebê na rede. A raiva se formou naquele pedaço de rosto, que se desfez lentamente, tomando novamente a forma de uma simples poça de água corrente.

Makira-wê acordou tempos depois, descansada como não se sentia fazia muito tempo. A bebê ainda dormia na rede, serena. Foi enquanto ela olhava com muito amor para sua filhinha que ouviu um barulho de pássaros, mas não soava como a passarada do tucanato, parecia que algo estava assustando as aves. Foi aí que se fez um silêncio repentino.

## O Padrinho e os passarinhos

Padrinho! Quanto respeito e quanta honra de lhe encontrar aqui. O que lhe traz à terra de seus afilhados e meus filhos? Não diga! Eu sei que estão lá. Eu falei com o macho e até o marquei para que meus filhos com asas não o atacassem. Sua afilhada está bem, sua amiga está sendo bem-cuidada, até mesmo pela idade dela.

Não senhor, meus filhos são desconfiados, mas não machucam ninguém que não mereça. E eu já tinha planejado visitar meu filho pajé para avisar que é para deixá-los irem embora. Eu me preocupo com meu filho tuxaua, porque ele é teimoso e muitas vezes quer se comparar com meu filho gavião, que não entende nada de paz nem de conversa, já que nunca é caçado.

A mãe da bebê está bem. Dorme.

Não, padrinho, eu acho que não precisa o senhor ir visitar. Mas se quiser é bem-vindo. Jamais ousaria deixar o senhor de fora de qualquer pedaço da selva. Inclusive, se quiser posso lhe acompanhar.

Não é nada de mais e eu poderia aproveitar a chance de aparecer para meus filhos sem asas. Faz tempo que eles não escrevem uma canção nova sobre mim e só o pajé velho faz pinturas da terra. Eu mostrei para ele um bom pedaço e ele fez bem, até. Um dos igarapés está errado, indo para o outro lado, mas dá para entender.

Não, senhor. Nunca contei. Talvez um dia, em sonho, eu conte. Quando for a hora, a tempo de mandar ao menos os filhotes para longe. Vai ser muita tristeza esse dia. Não gosto nem de pensar, por que tudo vai mudar e até mesmo o senhor vai sumir da vista. Me dói o coração e passo dias cantando uma canção bem triste quando penso nisso. O senhor tem certeza de que vai ser preciso isso tudo? É uma mudança muito dolorosa.

É. Eu sei que tudo tem sua hora. Tudo bem, tudo deve fluir como o rio, como o vento, como a vida. Hora chega em que a gente não morre, mas sai da vista. Hora chega que até mesmo a gente morre. Eu sei, padrinho.

Agora me diga, como anda o menino de fogo? Eu o vejo do alto, através dos olhos dos meus filhos, correndo pela mata, aquela cobra de fumaça atrás dele, rindo. Eles só comem e brincam e dormem, batem nos troncos das árvores velhas e elas riem em vez de reclamar. Eu me sentei no ombro dele quando ele estava dormindo e o fogo dele não queima, só ilumina. Isso é coisa sua? Não?

A Cobra-açu? Continua seguindo o caminho, abrindo o rio, comendo a terra roxa e cuspindo a terra barrenta. Daqui a pouco chega no mar, na água grande. De lá, diz que vai voltar ou ir morar em algum lugar. Uma ilha, talvez. Ela foi soltando muitas filhas pelo caminho, cada filha abriu um rio ou um igarapé, como planejado. Mas algumas filhas nasceram dormindo e não cresceram, estão no fundo do rio e ali vão ficar sabe-se lá até quando.

Quando o senhor quiser ir, chamo meus filhos para fazer uma revoada. Isso vai alegrar os curumins e as cunhantãs, e vai acalmar o povo quando eles lhe virem.

Bem, o senhor quando anda nessa forma assusta muita gente.

Vou chamar meus filhos então.

*** 

Iwaruku-tê já tinha um plano formado com Tepahaua-cá para sair de mansinho da aldeia quando a noite caísse e quem voasse fossem os morcegos e não os pássaros. Faltava só determinar os detalhes de como soltar Wakirawa-ká. O pajé desenhava no chão de terra com seu cajado, balbuciando alguma coisa, quando se ouviu o grito inconfundível das cunhãs e da curuminzada da aldeia. Veja bem, naquela nação as pessoas se acostumaram a imitar o canto dos pássaros, assoviar e cantar, então quando alguma algazarra começava, primeiro alguns abás começavam o alarde, daí outros. E daí os pássaros se juntavam e a barulheira podia ser ouvida do outro lado de um rio bem largo.

Foi isso que todo mundo ouviu, os dois pajés, a mãe presa, a mãe velha que finalmente dormia e acordou com um susto e até alguns caçadores da nação que mal tinham saído atrás de paca para o jantar do tuxaua. Todo mundo correu na direção de onde o som era mais intenso. Com um certo esforço, se valendo de seu cajado, sua autoridade e alguns empurrões, Tepahaua-cá conseguiu avançar pelo meio do povo. À medida em que chegava perto da origem da bagunça, o barulho foi começando a morrer, de forma que quando o velho pajé conseguiu ver o que era, tudo ficou em silêncio.

Iwaruku-tê, que seguia o velho com dificuldade, também chegou quando o barulho cessou. Mas antes que pudesse ver, ouviu a canção que havia ouvido em seu sonho e em outros lugares da floresta, o canto do Uirapuru. Mas dessa vez a canção era alegre e cantada por muitos passarinhos, coisa que ele nem sabia que podia ser feita. Quando levantou os olhos para a direção da música, deu um passo para trás com o susto.

O Padrinho estava ali, exatamente como naquela noite chuvosa em que sua filha nasceu. Mas dessa vez Kûara brilhava bonito e dava para vê-lo claramente. O pelo grosso e longo que cobria o corpo estava seco e caía em mechas fartas, de uma cor meio acinzentada, cobrindo as mãos e os pés e um pouco da boca enorme que atravessava a barriga redonda e saliente. O olho no alto da cabeça - ou do que parecia ser a cabeça - estava fechado com uma aparência de calma, de paz. Não era menos intimidante, pois o Padrinho tinha o tamanho e o corpo de pelo menos quatro homens bem grandes. Só a visão dele já era algo que ninguém esqueceria, mas ainda havia mais a se presenciar.

Muitos, muitos uirapurus estavam empoleirados nos ombros, na cabeça e nos braços abertos do Padrinho. Eram tantos que não se podia contar e todos eles cantavam a mesma música. Tepahaua-cá, vendo a cena, jogou-se ao chão prostrando-se e deixando sair a palavra que Iwaruku-tê imaginou significar "pai" na língua do tucanato. A palavra foi repetida em coro por todos os abás, que seguiram o exemplo e se prostraram. Só um abá continuava em pé além de Iwaruku-tê, que já começava a se abaixar respeitosamente: o tuxaua. O abá gordo andou em direção ao Padrinho devagar e sem hesitar. Ao chegar na frente, deu o antebraço para seu gavião-real e o colocou no chão. Em seguida, se ajoelhou e se prostrou como todos os outros, deixando soar a palavra "pai" entre lágrimas que lhe escorriam os olhos. O gavião-real abriu suas asas e abaixou a cabeça, fechando os olhos. Ninguém se movia ou falava nada. Todos os pássaros observavam quietos.

O gavião real levantou voo e a canção terminou segundos depois. Os abás levantaram a cabeça para ver o que estava acontecendo. A mão enorme do Padrinho gesticulou para Tepahaua-cá, que se levantou, mas manteve a cabeça baixa. Os uirapurus então voaram do corpo do padrinho para o corpo do pajé velho, que estendeu seus braços o máximo que podia para que a passarada pudesse se acomodar com conforto. Quando o último passarinho pousou, o velho fechou os olhos por um momento e ficou respirando muito forte. Ninguém falava nada, mas todos estavam muito assustados com tudo que estava acontecendo, ainda mais com o único abá na nação toda que poderia fazer alguma coisa parado ali, sufocando. Depois de segundos que pareceram uma eternidade, o pajé velho abriu os olhos bem abertos e a boca. Alguns sons começaram a ser emitidos e a boca começou a se mexer, tremendo.

As crianças e as mulheres choravam com medo, mas engoliam o choro e deixavam as lágrimas escorrerem. Os homens também choravam, com menos restrição que as mulheres, deixando escapar um gemido aqui e ali. Logo a nação toda soluçava, tentando conter um choro que se tornou um uivo, com os pássaros em absoluto silêncio, talvez pela primeira vez em muito, muito tempo.

Finalmente, Tepahaua-cá fechou a boca e soltou um assovio longo, bonito e agudo. Os pássaros que estavam ali imitaram o som, uma nota longa e aguda que podia ser ouvida bem longe dali. O pajé começou a assoviar e os pássaros continuaram imitando as notas do canto. A nação parou de chorar para presenciar a cena, já mortificados com tudo que acontecia ali, quando uma revoada de outros pássaros se fez presente. Eram pássaros de todo tipo e tamanho, do urubu ao irerê. Eles foram chegando e se empoleirando onde podiam, nos abás, nas árvores, no chão. Assim que pousavam em algo ou alguém, se aquietavam.

O Uirapuru-deus então começou a falar com voz de Tepahaua-cá, na língua do tucanato e soltando um assovio de vez em quando. Primeiro cumprimentou e abençoou os filhos, agradeceu a maneira com que os filhos sem asas cuidavam dos filhos com asas por ali e o respeito que não era esquecido. Depois disse que não era fácil usar o corpo de Tepahaua-cá, pois o pajé velho sofria com a sua velhice e o esforço de sustentar o pássaro-deus era grande e doloroso, mas ele sabia que o pajé estava honrado em ser o recebedor. Então falou que não estava ali para avisar de nenhum mal, pois o mal que viria um dia e que faria a passarada e os filhos sem asas irem embora ainda iria demorar muitas cheias e secas. Esse era o tempo dos abás se comunicarem com a natureza como nunca, de cuidar uns dos outros e aprender os segredos que a floresta oferecia. Disse que ia visitar com mais frequência, pois gostava das músicas que os filhos que não tinham bico cantavam. Daí, apresentou o Padrinho e se referiu a ele como tal. Disse que não deveriam ter medo, pois ele cuidava de todos, gente, planta, bicho. Ele estava ali só para avisar que os três abás de fora eram convidados e deveriam ser tratados como tal, que deveriam sair dali bem tratados, sem fome nem sono, pois a jornada deles era longa e mal tinha começado. Também aproveitou para falar do curumim dos cabelos de fogo, que ainda não tinha passado por ali, mas iria, algum dia. Era para deixar o menino em paz, pois ele só estaria de passagem, a não ser que houvesse alguém fazendo maldade na região. Mas não era o caso dos filhos do uirapuru, pois viver sob as asas do pássaro-deus era viver sem necessidade nenhuma de praticar maldade. Também apontou dois abás e explicou que eles deveriam seguir o caminho de um igarapé que corria por trás da aldeia, pois encontrariam gente que precisava de ajuda e que se juntaria à nação por vontade própria e trariam alegria e amizade consigo.

Durante a fala, a nação toda foi se acalmando e o choro virou sorriso e virou arrebatamento. Os abás começaram a sentir em si a presença do Uirapuru-deus e foram lembrando de todas as histórias e músicas que conheciam – e até das que nunca tinham ouvido falar antes. A presença do pássaro-pai e do Padrinho por ali os encheu de emoção e alegria de que uma força maior realmente existia e cuidava deles, contanto que eles cuidassem do mundo. Por muito tempo, os abás que estavam ali iriam se lembrar desse dia muito claramente, pois foi uma das poucas vezes desde que o mundo era mundo que o pássaro-deus vinha falar com eles diretamente, não por sonho e nem por sinais.

Quando terminou de falar, Tepahaua-cá ficou em silêncio. O Padrinho se aproximou dele e colocou a mão no ombro lentamente, dando tempo para todos os passarinhos que estavam ali voltar para os ombros peludos e largos do cuidador de todos. Tepahaua-cá caiu de joelhos no chão, ofegante. A sua expressão de dor transmitia mais boa-venturança do que sofrimento. O Padrinho então lhe ofereceu a mão, e quando o pajé velho a pegou, sentiu como se um banzeiro[13] de ar lhe atingisse em cheio no peito. Da terra veio uma energia que lhe devolveu todo o descanso perdido em anos de trabalho e cuidado com sua nação. O velho até pareceu rejuvenescer um pouco! Levantou-se, ainda segurando a mão do padrinho, gritou um grito bravo e longo, que fez com que toda a nação olhasse para ele, confusa. O grito virou uma risada alta e sincera, que acalmou o coração da nação novamente. Algumas das crianças começaram a rir com o pajé velho rejuvenescido e logo todo mundo dava risada, nem sabendo direito de quê.

***

---

[13] Onda de rio, causada por vento, barco ou – dizem – pelas cobras-grandes no fundo dos rios

Todo mundo acordou mais ou menos na mesma hora. Era uma confusão só, porque ninguém sabia como nem porque estavam dormindo. E tinham adormecido de qualquer jeito, era perna por cima de perna, de peito, de braço e até na cara. Era cotovelo empurrando o bucho, a virilha, e bunda com bunda, bunda na cara, abá gordo por cima de abá magro. Alguns até acordaram brigando e empurrando uns aos outros, ou se estapeando em meio à confusão das mentes que mal levantaram do sono. Tepahaua-cá estava ali de pé, olhando para todos. Parecia o mesmo de antes, não tinha ganhado a juventude de volta como tinham visto. Era o mesmo velho pajé de sempre, com seu cabelo branco e longo e suas rugas espalhadas por toda parte. Ele olhava para todos bem relaxado, fumando um cigarro de ervas. O tuxaua foi o último a acordar e quando se levantou, o gavião-real o olhava do alto da barriga pançuda, as garras apertando levemente e deixando marcas ao redor do umbigo. O tuxaua se levantou depressa, dando o antebraço para o gavião se empoleirar e já gritando para chamar a atenção da nação.

Com um olhar, confirmou com o pajé que era hora de voltar à rotina e começou a mandar todos de volta as suas funções. Alguns tentaram perguntar pelo Padrinho ou pelo pai-Uirapuru e por tudo que tinha acontecido, mas o tuxaua simplesmente ignorou e continuou mandando todo mundo embora. Disse que iriam se reunir depois. Percebeu então o silêncio e olhou para o pajé velho, procurando por respostas, mas ele só deu de ombros e continuou fumando seu cigarro.

Com todos os abás de volta às suas ocas, só ficou Iwaruku-tê ali em pé, esperando uma ordem de um dos dois principais homens da nação. O tuxaua o viu e acenou para que ele se aproximasse, e ambos se juntaram ao pajé, que continuava quieto. Seguiu-se uma discussão onde o pajé novo ficou calado. O tuxaua queria saber por que a nação toda adormeceu de repente e onde estavam os tucanos e os outros pássaros. O pajé velho disse que o Padrinho vai e vem como deseja e não deve explicações. Os pássaros estavam reunidos com o Uirapuru-deus, que conversava com eles na língua dos pássaros sobre coisas que só os pássaros entendem e veem, então aquela reunião não era para o bico inexistente dos abás. A passarada ia voltar em breve, disse ele, mas muito se admirava de o gavião não estar junto de seus parentes. O gavião virou a cabeça de um lado a outro como se não entendesse, e deu as costas, se virando no ombro gordo do tuxaua.

Notando que Iwaruku-tê estava ali quieto (e na verdade tinha até se esquecido dele com tanta coisa em um dia só), o tuxaua mandou que ele fosse procurar a velha e a nova e esperasse na oca principal, pois ali iria se reunir com eles antes de sua partida. Com isso, virou-se e andou pesadamente, resmungando alguma coisa embaixo da respiração pesada.

## Sonhando alto

A despedida do tucanato foi rápida e desinteressada, o tuxaua e o pajé da nação escoltaram pessoalmente os três abás viajantes para um igarapé próximo. O restante da nação tinha se retirado para cantar novas canções e preparar um festejo ao Uirapuru-deus. Tepahaua-cá começou a chorar no caminho da despedida, pois havia entendido que aquele evento era possivelmente o último contato de seu corpo vivo com o pai alado daquela nação e que na próxima vez se veriam só quando tivesse nascido de novo, com asas e bico. Esse choro era de alegria, mas se juntava à dor da velhice e das tristezas da vida. Não havia muita oportunidade para o pajé velho deixar suas lágrimas correrem porque sempre tinha alguém por perto. O tuxaua ignorava gentilmente as lágrimas que corriam pelo rosto engelhado do seu amigo e pajé, a única pessoa na nação que entendia inteiramente o propósito do tucanato e da união com os irmãos de penas. Logo chegaria a hora de Tepahaua-cá escolher um sucessor, e ao que parecia seria uma sucessora dessa vez, pois na nação toda só havia uma cunhatã que parecia entender tudo que o pajé falava. O tuxaua também já havia pensado em quem seria o seu substituto, mas enquanto discutia toda essa hierarquia tribal em sua mente, chegaram ao ponto de despedida. Abanou tudo isso de sua atenção e explicou aos abás viajantes o caminho que seguia na direção que eles queriam ir. Deu um paneiro cheio de beijus para os abás e lhes desejou a bênção do Uirapuru-deus. O pajé abraçou Iwaruku-tê e lhe chamou de filho e irmão. As mulheres se despediram brevemente e sem cerimônia, pois não tinham visto nada do alvoroço do dia anterior e passaram a maior parte do tempo como prisioneiras, o que deixaria qualquer um de mau humor e nenhuma saudade de qualquer nação que fosse. Antes de ir, Wakirawa-ká deu um passo em direção ao pajé, mas hesitou e tateou a mão da filha, que começou a andar na direção oposta. A mágoa da velha não a deixou ver o futuro dos abás líderes do tucanato.

Não andaram muito quando se depararam com um urubu empoleirado em uma escada-de-jabuti. Achando que o pássaro iria voar assim que chegassem mais perto, seguiram andando. Mas assim que passaram na frente do urubu, ele abriu as asas. Wakirawa-ká perguntou o que estava acontecendo e assim que recebeu uma explicação, andou em direção ao penoso. O urubu deixou a velha tatear sua cabeça, corpo e asas. Ela então se aproximou ainda mais e, fechando as asas gentilmente, abraçou a ave. Ali ficou por um tempo, parada, deixando os outros abás sem saber o que fazer. De repente, ela começou a rir e dizer como Makira-wê estava bonita, que a bebezinha era linda demais e que Iwaruku-tê estava engordando. Os dois abás jovens ficaram ainda mais confusos com isso tudo (principalmente Iwaruku-tê, que se sentiu levemente ofendido e começou a pensar se tinha comido tanto assim ultimamente). A velha então começou a murmurar baixinho e subitamente o urubu grasnou inquieto. Wakirawa-ká acariciou o pássaro e devagar se afastou dele. O urubu virou a cabeça e deu uma última olhada nos abás e finalmente alçou voo dali.

Wakirawa-ká explicou então que o urubu tinha emprestado os olhos por um momento e ela pode finalmente ver a netinha e os parentes. Depois disso, mostrou as duas penas que arrancou do pássaro e as afixou em seu colar, o único ornamento que usava. Sem explicar mais nada, a velha disse que deveriam seguir em frente.

Caminharam a metade do dia e encontraram um lugar seguro para dormir. Como sempre faziam, os dois jovens deixavam a bebê com a avó e andavam pela área, procurando por casa de caba, toca de cobra e outros perigos que podem passar desapercebidos e que só se descobre com a dor ou com a morte. Nem sempre era preciso fazer fogo, mas acabou se tornando um hábito do trio. Cavavam a liteira até chegar na terra, deixando bastante espaço para o fogo, mas sem se preocupar muito, pois a liteira costumava ser tão húmida que dificilmente o fogo se alastrava naquelas bandas. Se já tinham caça, assavam-na e comiam-na. Se só tinham frutos, compartilhavam. Se não tinham nada, comiam farinha do tipiti do padrinho com algumas ervas e raízes que Iwaruku-tê sempre colhia pelo caminho. A avó se deitava de costas, os olhos cegos encarando o dossel, como se visse através dele e do próprio céu alguma coisa que ninguém mais via. O casal costumava dormir junto, ou ao menos de mãos dadas um com o outro. Davam um cheiro e um beijo de boa noite e se abraçavam, com a bebê gentilmente segura entre os seios da mãe. Fazia algum tempo que o casal não tinha um momento de intimidade e naquela noite Iwaruku-tê sentiu o desejo de invocar os ancestrais. Makira-wê sentiu o marido e foi colocar a bebê nos braços da avó, que recebeu a criança e entendeu o que iria acontecer. Antes de deixar a filha se juntar ao marido, arrancou as penas de urubu do enfeite onde estavam seguras e pediu para filha apertar elas na palma da mão a noite toda, não largando em nenhum momento.

A moça ficou confusa, mas desde que o padrinho visitou os abás, o mundo ficou mais fantástico a cada dia e o fantástico ficou mais corriqueiro, mas nunca menos surpreendente. Com as penas apertadas na palma da mão esquerda fechada em punho, ela se aproximou do marido, que a esperava em pé. Andaram uma pequena distância até onde achavam que a velha não iria ouvi-los. Tatearam o chão procurando tocos. Makira-wê se deitou com o marido, enlaçando as pernas ao redor dele, que já chegou com a sede de um dia de caminhada. O ritmo dos corpos era tal que ela queria abrir as mãos e puxar o corpo do marido para mais perto, mas lembrou-se das penas e com muito esforço manteve a mão fechada. O calor e o prazer aumentavam a cada momento e quando ela estava a ponto de chegar ao clímax, algo aconteceu.

A sensação do corpo se perdeu e ela sentiu o vento acariciando suas penas. As garras encolhidas junto ao corpo aqueciam o corpo magro e os músculos das asas longas e pretas se movimentavam com leveza e precisão. Olhando para cima, ela via o céu azul recobrindo tudo, de uma maneira que nunca tinha visto antes. Olhando para frente, ela sobrevoava nuvens que se acumulavam em pilares e esteiras brancas e macias. Olhando para baixo, ela viu a majestade da floresta verde, se espalhando por todos os lados, com os rios cortando caminhos de água para além do horizonte. Era um dia claro e ela podia ver tudo com uma clareza que ela não sabia que existia. De repente, sentiu um ar forte se acumular nos pulmões, crescendo como se fosse explodir, ela abriu o bico e deixou seu grito de gavião sair com todas as forças, como se a própria vida fizesse parte da voz que lhe fugia, alta e aguda.

O grito da abá se misturou com o gemido longo e incontido do marido, que se saciou ao mesmo tempo em que Makira-wê era puxada de volta para o próprio corpo. Ela sentiu o desfalecimento que se sente depois do ato, mas um desejo ainda mais forte lhe tomou o corpo.

Se levantando o mais rápido que podia, correu para onde o pajé deixava seu paneiro com suas coisas de pajelança e encontrou o urucum. Amassando as sementes ainda macias do fruto entre os dedos, usou uma das penas do urubu e começou a desenhar na própria coxa, sob a luz do fogo.

Iwaruku-tê estava confuso com tudo isso, e se sentiu desconcertado de ver Wakirawa-ká de pé segurando a bebê não muito longe de onde estava com a mulher, que tinha saído correndo sem dar explicação. A velha não dizia nada, mas na luz pálida da noite parecia encará-lo com seriedade. Ele se levantou e andou em direção à fogueira, tirando a bebê dos braços da avó e colocando uma das mãos da velha em seu ombro para guiá-la.

Quando a esposa o viu, pediu que ele arrumasse alguma tinta boa e desenhasse nela, pois o urucum não duraria. Quando ele quis perguntar mais, ela insistiu com uma intensidade que até assustou. Ele então procurou em suas coisas e encontrou alguns pedaços de madeira queimada e jenipapo. Esmagou a fruta e misturou com o pó de madeira queimada, deixando uma quantidade na mão da esposa. Pegou uma das penas do urubu e começou a copiar o desenho de uma coxa para outra, pedindo a orientação da mulher.

Passou-se um tempo. Os desenhos ficaram prontos e todos dormiram. Sonhos de penas e cantos de pássaros povoaram o sono dos quatro abás. Se alguém estivesse acordado, veria a bebezinha rindo de um sonho onde seu primo de cabeça de fogo fazia um redemoinho ao redor dela, com muitos passarinhos abanando as asas e cantando para ela. O Padrinho ria coma bocarra da barriga aberta, mostrando os dentes. A cunhatãnhazinha riu aquela noite como nunca, mas os seus abás guardiões só dormiam, aproveitando o sono abençoado pelo Uirapuru-deus.

## Cuiando igarapés

A onça-pintada rolava no chão preguiçosamente, as patas do tamanho de uma cabeça humana abertas com a espreguiçada do felino que digeria quase a metade do rabo um jacaré que ali jazia com uma mordida enorme atrás da cabeça. Iwaruku-tê desceu da árvore com cuidado, o mais silenciosamente que podia. A distância entre ele e o local onde a onça fazia sua refeição era segura o bastante para quem sabia como se mover e disfarçar o cheiro em caso de vento. Movendo-se com cuidado e ganhando distância o suficiente para poder caminhar rápido, começou o caminho de volta para as duas cunhãs, que esperavam sentadas ao redor das brasas apagadas e ainda fumaçando levemente, resultado do fogo da noite anterior que os manteve aquecidos e seguros.

Wakirawa-ká perguntou se a onça estava mesmo lá, o pajé respondeu que sim e que provavelmente iria ficar por ali um tempo. Era hora de tomar outro rumo, um rumo que eles andavam receosos de tomar. Mas a onça veio na visão do futuro da velha, pela primeira vez avisada durante a pequena rotina matinal do grupo de deixar que ela tocasse o cabelo e cheirasse o pescoço do três. E dessa vez foi a bebezinha que deu o futuro. A velha acariciava a cabecinha que ficava cada vez mais cabeluda, e cheirava a bebê, que tinha aquele cheiro hipnotizante de vida nova e inocência, do potencial que uma semente tem de virar uma árvore que verá muitas vidas de muitos seres antes de se findar. A bebê ria prazerosamente a risada que fazia os três abás rirem juntos. Era um dos confortos dessa jornada sem fim, escutar o riso da criança, que dava coragem de seguir em frente.

Mas no meio desse amor de família todo, a velha viu, clara como o dia, a cabeça da onça rugindo, severa, assassina. Ela pulava de um galho alto e aterrissava nas patas grandes e nas pernas poderosas. O rabo grosso movendo-se de um lado a outro, as pintas se misturando aos raios de Kûara, que raiavam entre as folhas das árvores. Atrás da onça, ossos e carcaças de caças passadas, apodrecendo, secando. A visão foi tão assustadora que a velha quase largou a criança. Iwaruku-tê, quando conseguiu acalmar a sogra, escutou o que ela disse e pegou algumas de suas ervas de um paneiro pequeno que carregava dentro de um paneiro maior, onde levava o que podia. Dali, esfregou-se com as folhas de duas plantas. Elas ardiam e faziam a pele coçar, mas iam mantê-lo seguro. Pediu para a velha apontar a direção da onça e sem demora encontrou o felino se fartando.

Agora que tinha confirmado o perigo à frente, sentou-se para pensar enquanto mastigava um punhado de farinha. Makira-wê colocou a bebê no seu colo e foi fazer as necessidades em algum lugar próximo. O pajé segurou a criança pelas axilas e olhou para a filha, que olhava de volta confusa e distraída. Querendo se concentrar melhor em um plano, levantou-se e deu a criança para a avó. A velha adorava segurar a bebê quando estavam sentados em algum lugar. Não tinha forças para carregá-la de pé por muito tempo, mas sentada aquilo era tudo que uma avó sonhava. A bebê ria nos braços magros e engelhados.

Assim que pegou a criança, Wakirawa-ká sentou um beijo nas bochechas gordinhas e cor de cobre daquela cunhatã que era o amor da vida dos três abás. Quando a ajeitou no colo, deu um cheiro de chamego na netinha. Nisso, sentiu alguma coisa e acariciou a cabeça da bebê. A velha soltou um gritou, assustando o pajé distraído e a criança, que começou a chorar. O pajé não teve dúvidas do que foi que assustou a velha e saiu correndo, gritando por Makira-wê. A cunhã nova estava acocorada, já procurando alguma folha macia para se limpar quando ouviu o grito da mãe. Quando se virou na direção do som, percebeu que não estava sozinha.

Olhos amarelados e um rugido baixo e estalado anunciaram a presença da suçuarana. O pelo reluzia, mesmo na sombra. Os dentes à mostra, o animal andava devagar em direção de Makira-wê. Assustada, ela se levantou, deu um passo para trás e acabou pisando nas fezes que tinha acabado de evacuar. Escorregou, caindo de costas com as pernas para o ar, o pé sujo de merda se moveu em um ângulo que jogou os dejetos na direção da onça, lhe cobrindo o focinho e os olhos. O felino ficou confuso com o cheiro da substância e começou a limpar o rosto com as patas, rosnando como se reclamasse do que tinha recebido da caça ingrata que não queria encontrar Tupã. A cunhã, desnorteada e sem saber direito o que tinha acontecido que a onça ainda não estava com as presas no seu pescoço, tentou se virar para se levantar, as costas doendo da queda e o cheiro das fezes por toda parte. Finalmente se lembrou de gritar de medo.

O grito dela se misturou a outro grito, vindo sabe-se lá de onde e seguido do som de uma pancada seca e um gemido felino. Outra pancada seguiu-se e misturou-se ao som de folhas e alvoroço na selva, grito de gente e rosnado de bicho. Uma mão pegou a cunhã pelo braço e com um solavanco a fez ficar de pé. A mesma mão, que agora ela via que era de Iwaruku-tê, a puxou enquanto ele gritava para ela correr. Os dois correram tão rápido que começaram a perder o ar, mas quando encontraram a velha, que já os aguardava de pé e segurando a bebê com os braços esticados, foram energizados de uma maneira quase sobrenatural. Makira-wê pegou a bebezinha dos braços da mãe e Iwaruku-tê jogou o ombro esquerdo na direção das coxas da velha, parando no momento antes do impacto para jogar um braço ao redor do torso e o outro por trás das pernas dela, carregando-a.

Correram para a margem do igarapé que não ficava longe dali e sem hesitar, o pajé puxou a cuia do Padrinho, que levava pendurada na cintura por um fio de cipó titica, enfiando-a na água e jogando o que cabia na cuia para trás. Uma abertura se fez no igarapé, como se fosse feito de terra em vez de água e alguém tivesse cavado um buraco do tamanho de três abás bem grandes ali mesmo. O pajé ficou assustado por um momento com o poder da cuia, mas lembrando-se imediatamente do perigo de que estavam fugindo, enfiou a cuia na água novamente e começou a avançar, atravessando o igarapé com a sua família pelo caminho que ia se abrindo. Até a terra do fundo ficava seca quando a água era tirada com a cuia. Não demorou e os abás já estavam do outro lado. Assim que os três pisaram na margem, o igarapé fluiu novamente e fechou o caminho aberto, como se nada tivesse acontecido. Na margem de onde tinham vindo, apareceu a suçuarana, mancando. Era longe o bastante para que ela precisasse nadar um pouco antes de alcançá-los, mas perto o suficiente para que ela os visse. Ela mal conseguia caminhar, mas moveu-se um pouco mais perto da margem e, olhando para os abás do outro lado, soltou um rugido alto e raivoso, um último protesto antes de se virar e lentamente adentrar a mata.

Depois de caminharem bastante e se assentarem para a noite, Iwaruku-tê explicou que quando a velha gritou, ele pressentiu que o perigo era com a esposa e não com a filha. Saiu em disparada para a direção de onde tinha visto a cunhã se retirar para fazer suas necessidades. No caminho, viu uma viúva[14] grande e pesada que tinha caído de um piquiazeiro e a pegou para usar como arma. Ouvindo o rugido da onça parda, levantou o galho acima da cabeça enquanto ainda corria e com a pequena distração das fezes esparramadas na cara da onça, teve o momento que precisava para acertar o bicho em cheio no meio da cabeça. O felino se atordoou com a surpresa, o que deu tempo para o pajé levantar o galho novamente e dessa vez acertar uma das patas dianteiras do animal. A força que ele colocou

---

[14] Galho solto de árvore que cai naturalmente

no golpe deveria ter sido capaz de matar um homem, mas a rainha da mata é a caçadora suprema, ossos duros como pedra coberto de músculos fortes como raízes. O animal se atordoou mais uma vez e Iwaruku-tê desceu-lhe o último golpe antes de começar a escapada, uma pancada no alto do quadril, bem alinhado com a pata traseira. A onça se contorceu de dor e assustada tentou fugir, Iwaruku-tê aproveitou e pegou Makira-wê pela mão e a puxou pela mata afora.

Wakirawa-ká então contou que quando recebeu a bebezinha, viu a onça pintada de novo, mas dessa vez reparou que a suçuarana estava por trás dela, rugindo em direção a um par de pernas que balançavam no ar, saindo do chão. Quando Iwaruku-tê saiu correndo para ajudar a esposa, ela então teve a visão dos quatro abás atravessando o igarapé e se preparou, segurando a bebê e pronta para ser carregada. Mas também viu outra coisa, o que deixou Iwaruku-tê mais preocupado do que já estava.

A velha viu a água barrenta do rio correndo muito forte, abrindo trilhas nas margens e alagando terrenos mais altos do que os baixios. A água corria com tanta força que espumava, engolia árvores inteiras e até alguns animais. E corria para muito longe, corria sem parar e só se acalmava quando chegava em um lugar onde o rio se alargava muito e terminava no que parecia ser um rabo de cobra. O rabo se mexia vagarosamente, fazendo banzeiros. Os banzeiros iam ficando cada vez maiores, maior que uma árvore grande. E atingiam a velha em cheio, tirando-a da visão.

Escutando tudo isso, e somado ao que Makira-wê tinha lhe contado sobre a menina no buritizal, o pajé começou a se preocupar mais ainda. A água não parecia estar muito contente com eles, e a cuia provavelmente não era uma boa maneira de acalmar a dona dos rios.

## Bromélias

Makira-wê sentou-se em um galho da árvore que tinha acabado de subir. Os cipós tinham crescido ao redor, fazendo a escalada fácil. Eram tantos que sufocavam a planta que os ajudava a alcançar o céu, com a fome de luz que todas as plantas têm. As bromélias e as orquídeas reluziam com a luz de Kûara, que varava o dossel e fazia as formigas que viviam nessas plantas brilharem com suas carapaças escuras. A cunhã podia ver um pouco da floresta daquela altura, via-se uma colina descendo suavemente, algumas árvores passavam do dossel e mostravam sua opulência acima das outras. Aquelas eram árvores sábias e sagradas, amigas dos abás e dos bichos. As que davam frutas, dizia-se, eram guardadas pelas nações daqueles territórios, pois esses frutos traziam a benção do próprio Tupã, a força da onça e a leveza das libélulas. A cunhã respirou o ar fresco, sentiu a luz do Kûara alto e fechou os olhos, se imaginando de volta no corpo de gavião que habitou no outro dia. Queria ter asas de novo, e voar e gritar com tanta força que as penas pareciam que iam sair do corpo. Abriu os braços por um momento. Era bom estar ali, no alto.

Quando estava sonhando ainda mais profundamente, umas das formigas resolveu malinar da sonhadora e mordeu-lhe a perna, lembrando Makira-wê que ela era cunhã e não pássaro. Deu um suspiro de quem se conforma com as coisas da vida, pelo menos por enquanto, e com cuidado foi se levantando. Se equilibrando como podia e segurando onde dava, indo em direção de uma das bromélias. Iwaruku-tê explicou direitinho: a que eles queriam tinha uma flor com listras rosadas e vermelhas bem sutis. E provavelmente estaria cheia de formiga. Dito e feito, ela achou a planta e gritando para avisar o que aconteceria, deu um chute na base da bromélia, derrubando-a da cama tão duramente conquistada no alto daquela árvore fadada ao sufoco. As formigas que ficaram se agitaram, confusas por terem perdido sua planta. Makira-wê saiu logo dali antes que a confusão virasse raiva e elas decidissem se vingar da morte da companheira vegetal em quem quer que estivesse ao redor. A cunhã se moveu o mais rápido que podia e começou a descer de volta. No meio do caminho, olhou para baixo e viu o chão, ainda longe. Sentiu o impulso de pular dali e abrir as asas.

Quem a tirou do transe dessa vez foi o marido, que vinha se aproximando da árvore, agora que a bromélia que precisavam para cuidar da bebezinha estava no chão. Perguntou o que ela olhava lá de cima. A cunhã voltou a si novamente e nem respondeu, só fez descer e reencontrou sua família itinerante.

Iwaruku-tê pegou a cuia do Padrinho e colocou as pétalas da bromélia no meio, junto com outras ervas e um pouco de terra preta que ele escavou bem do fundo de um pedaço de chão entre duas sapopemas gigantes de uma das árvores sábias. Era uma terra fina que tinha um gosto esquisito, Makira-wê tinha provado quando ele não estava olhando. A bebezinha tinha uma febre que já durava dias e os três parentes já tinham feito tudo que podiam para que a pobrezinha tivesse e desse sossego. No dia anterior, se depararam com a tal árvore e Iwaruku-tê se lembrou de uma mistura que um dos seus pais adotivos usou nele uma vez em que ele foi picado de escorpião. Quando ficou pronta a mistura, ele passou a pasta grossa nos mamilos da mulher e aproximou a bebê que chorava para ser amamentada. A bebezinha, por instinto, foi com bastante sede ao peito e fez uma careta quando provou o que estava ali no seu sustento. Mas a fome parecia ser tanta que, mesmo fazendo careta, continuou mamando. Iwaruku-tê começou a fazer uma fogueira. Agora era esperar.

Quando o fogo ficou pronto, o pajé foi sondar a área para ver o que tinha de útil por ali, talvez até trazer alguma caça. Makira-wê olhou para a mãe velha, que se sentava ali perto, mais distraída que o normal. A velha cunhã vivia tendo sonhos estranhos, e de vez em quando falava o nome do pai de Makira-wê, um sussurro solto e freado na ponta da língua, mas que a filha conhecia por ser o nome do pai. A filha se perguntava se o pai estava visitando e por quê. Ela sabia sobre ele por que a mãe contou tudo que tinha para ter contado. Além de ser caçador rejeitado e subidor de açaizeiro dos bons, era uma alma gentil. A única coisa estranha sobre ele é que de vez em quando dormia de olhos abertos no meio do dia. Wakirawa-ká encontrava o marido deitado na rede, olhando para o nada, mas com a cabeça erguida, quase de encontro ao peito. Ela chamava, sacudia e às vezes até derrubava ele da rede e o homem não acordava de jeito nenhum. Quando voltava a si, falava que estava lá fora, mas não sabia onde. Naquela época Wakirawa-ká não sabia das coisas que veio a saber com a idade e a cegueira e nem falava com a floresta. Mas se entendeu alguma coisa com a sabedoria e as bençãos que recebeu, nunca falou nada. A filha não costumava perguntar muito do pai, pois os abás da nação preencheram aquele espaço vazio enquanto ela crescia, ainda mais com a mãe perdendo a visão. Se a mãe sofreu com a perda do amor, a filha recebeu essa perda de volta com o carinho da nação.

O dia em que Iwaruku-tê chegou por ali ela não esquece. Estava fazendo beiju com as cunhãs velhas quando chegou esse abá de cabelo muito longo e falando a língua deles, mas de um jeito esquisito. Ele trazia algumas ervas em um maço, que ofereceu para uma das velhas, que começou a chorar e abraçou o rapaz. Levaram ele ao tuxaua, que fez graça do cabelo longo do pajé e perguntou se ele era um desses abás que passa dias na oca fingindo que tem sangue escorrendo entre as pernas. O rapaz riu e respondeu que não. Com seu jeito estranho de falar e com outro maço de ervas que ofereceu ao chefe da nação, conquistou as boas-vindas. Naquela noite, Wakirawa-ká mandou a filha se aproximar do rapaz estranho. Não querendo, mas indo, a cunhã foi se sentar perto do visitante, que olhava para o céu, distraído. Ela pegou nos cabelos longos dele, hesitante. Ele deixou.

Várias visitas de Jaci depois, a nação toda chorava a despedida da mãe e da filha de quem tanto gostavam. O tuxaua abraçou Iwaruku-tê com o mesmo amor que abraçava as cunhãs que agora iam embora com aquele abá estranho, sabe-se lá para onde ou por quê. Mais tempo se passou e a barriga de Makira-wê começou a crescer.

E agora ali estavam os quatro, sentados ao redor do fogo. A mãe velha dormia o sono da tarde. O pajé fazia uma flecha. A bebezinha dormia. A mãe nova colocou a mão na testa suada da filha e sorriu. O pajé se aproximou e fez o mesmo. O dia terminava e junto dele a febre da cunhãzinha.

Era hora de dar o nome dessa menina.

# Zanzenê

A caminhada tinha sido longa, longa demais. Mas as ordens do pajé-tuxaua eram claras: ver o progresso da Mãe-serpente. Ora, todos sabiam qual era o progresso dela, ela ia em direção a iguaçu[15]. Todos deste lado sabiam disso, inclusive os primos mais distantes que eles conheciam, os Urubus-largos. Havia toda uma discussão na nação sobre a necessidade de se averiguar a cobra, pois a nação de Zanzenê se encontrava o mais próximo da cabeça dela.

Zanzenê tentava esquecer a dor na sola dos pés com lembranças dos dias de antes da Mãe-cobra chegar. Naqueles dias, a mãe de todos era a Mãe-água, que fazia correr um riacho estreito e profundo, de onde a nação se servia de água e peixe à vontade. A Mãe-água não pedia muito, uma onça aqui, uma anta ali... Derramavam sangue no rio e pronto, ela não exigia mais nada. Toda vez que alguém via uma cunhatã no meio da água, andando como se

---

[15] Água grande na língua Tupi. Neste caso, o mar

estivesse na areia barrenta da praia, já se saía em busca de um animal grande e gordo para oferecer para ela. Era melhor não zangar qualquer espírito que se desse ao trabalho de aparecer para a nação, esse era o instinto de todo abá em qualquer parte.

Aí, um dia veio a cobra. Veio na luz do dia, com a luz de Kûara brilhando forte como na estação seca. Primeiro não se percebeu nada, o riacho minguou por algumas noites e várias ofertas foram feitas à Mãe-água. Nada. Foi então que os caçadores que sempre iam mais longe chegaram e avisaram que alguma coisa estava derrubando até as árvores mais antigas, abrindo clareiras e fazendo tanto barulho que eles não se atreviam a ficar para ver o que era. O tuxaua da época, Zotaretê, foi pessoalmente ver o que estava acontecendo. Seguindo o riacho que lhes dava vida, eles se depararam com a barulheira das árvores caindo ao longe. Subiram em algumas árvores altas, longe do raio de ação daquele escarcéu e viram a cabeça da cobra, uma enormidade sem fim, abrindo e fechando a bocarra, engolindo tudo no caminho. Desceram das árvores, fazendo a volta para longe da direção de onde a cobra ia e alcançaram o corpo, que serpenteava vagarosamente atrás da cabeça e se estendia para longe de onde a vista alcança. O tuxaua mandou dois abás seguirem com cuidado, vendo se chegavam ao fim do rabo. Se não chegassem antes de entrar em território de outra nação, ordenou que fizessem contato com os abás de lá e trouxessem as notícias que pudessem sobre a cobra.

Muitos dias depois, os dois abás voltaram de sua missão só para descobrir que Zaruetê, um abá solitário e excêntrico dentro da nação, havia, de alguma forma, se tornado o tuxaua e pajé da nação. Zaruetê sempre gostou de cobras e tinha várias dentro de sua oca, que de alguma maneira comandava para que fizessem sua vontade. Quando soube da cobra abrindo o rio, correu para lá. Voltou como que se muitos espíritos tivessem tomado conta dele e disse ao tuxaua que os dias da cobra haviam chegado e que a Mãe-água deveria ser deixada para trás, pois a cobra trazia um novo rio e uma nova vida para todos. Zotaretê mandou prender o avati[16] em sua própria oca enquanto aguardavam notícias do pajé da nação, que tinha viajado para fazer escambo de ervas antes de a cobra aparecer e ainda não tinha voltado.

O tuxaua amanheceu morto no dia seguinte, com um Zaruetê triunfante apoiando um dos pés sobre o peito do defunto. As cobras ao redor dele e uma pico-de-jaca enorme e mortal enrolada no pescoço. Ninguém ousou desafiar o novo tuxaua, que também se declarou o novo pajé e trazedor da fé da Mãe-cobra. A Mãe-água não era mais mãe deles, dizia, pois a Mãe-cobra iria passar e deixar um rio largo e farto, as filhas dela iriam criar mais rios e mais igarapés onde os peixes se perderiam na cheia e trariam a fartura do mundo para os abás. Com a perspectiva de menos trabalho e mais fartura, além do medo das cobras que nunca saíam do lado do novo tuxaua-pajé, a nação se converteu rapidamente. Conversas de revolta eram apenas sussurros entre um ou dois abás. O antigo pajé não voltou. Zaruetê, por louco que fosse, parecia saber um pouco sobre pajelança e resolvia rapidamente os problemas que requeriam sua

---

[16] Pessoa louca

atenção. Também montou postos de vigia que se estendiam ao longo do corpo da cobra e estava sempre mandando alguém ver como estava a cabeça e qual direção tomava.

Logo, os abás perceberam que a Mãe-cobra acompanhava o antigo igarapé que era o sustento da nação, e isso só poderia significar que ela ia em direção a iguaçu, muitos dias de caminhada dali. Era sabido que havia duas nações ao longo do caminho daquele iguaçu salgado, os Botos-cinza e os Araras-vermelhas, sendo os Botos os mais próximos dos novos filhos da Mãe-cobra. Naquela água, se dizia, não se podia ver a outra margem e muitos peixes estranhos vinham de lá, inclusive peixes tão grandes que podiam comer vários abás de uma vez só. Abás que viviam além do território dos Araras eram muito mais violentos, guerreiros temíveis e pouco dispostos a falar com quem quer que fosse, com exceção de pajés, que eram geralmente bem-vindos em qualquer nação. Seguir a cabeça da cobra, então, era inevitavelmente se deparar com uma dessas nações, que provavelmente estariam igualmente nervosas de ver uma cobra maior do que qualquer coisa que existia, cortando a mata e engolindo o mundo.

Tudo isso era sabido, mas Zanzenê não tinha escolha, a não ser seguir as ordens dadas. Por mais que a nação desgostasse de Zaruetê, a lealdade ao tuxaua era um dos valores que se mantinha nas nações, seja o tuxaua um herdeiro escolhido ou um usurpador.

Finalmente, chegou a um dos postos de vigia e cumprimentou o parente, que estava visivelmente entediado. Até as coisas mais fantásticas se tornam corriqueiras quando presentes no dia a dia, parecia. Sem nenhuma novidade para levar de volta, Zanzenê compartilhou uma caça com seu parente e passou a noite ali. Na manhã seguinte foi a um igarapé próximo para matar a sede e tomar um banho. Sentou-se na areia da beira e fechou os olhos, pensando em o que aquilo tudo iria acarretar para todos e como queria que Zaruetê morresse no meio da noite, estrangulado por suas próprias cobras. Não era certo matar um parente, ainda mais um tuxaua, nem tomar a nação daquele jeito. As canções para Mãe-água tinham sido banidas, mas ele ainda lembrava. Começou a cantar uma delas baixinho, sussurrando entre os dentes, mas acabou deixando a voz sair.

Quando terminou, percebeu que alguém estava do outro lado do igarapé, olhando para ele. Se preocupou por um instante que fosse um dos recém-convertidos da nação, mas era uma cunhã que nunca tinha visto antes. Era nova e bonita e olhava para ele com lágrimas nos olhos. Zanzenê acenou para a cunhã, mas ela não retribuiu o gesto. Em vez disso, ela começou a ficar baixa, se transformando em água e escorrendo para o igarapé. O abá se assustou e percebeu que aquela cunhã era ninguém menos que a própria Mãe-água. Baixou os olhos e esperou, com medo do que poderia acontecer por ali. Será que tinha ofendido ela? Não lembrava bem as canções e podia ter cantado algo errado. Ou talvez ela soubesse que ele mesmo nunca tinha levado sacrifício para ela. Sentiu uma mão gelada repousar sobre um dos ombros. Tremeu de medo e quase chorou, pois nunca tinha visto a Mãe-água em pessoa.

Mas nada de ruim veio. Em vez de alguma maldade ou afogamento, a cunhã das águas começou a acariciar o filho, que começou a se acalmar. Ela então agradeceu por ele ainda considerar ela como a verdadeira mãe da nação e disse que a canção dele a atraiu até ali. Quando viu ele sentado, lamentando as tarefas de vigiar a cobra, percebeu que ele era a pessoa certa para uma missão longa e árdua. O abá perguntou o que ele deveria fazer e ela disse para ele simplesmente começar a andar, subindo o rio que a cobra alargou, e que depois ela daria mais instruções. Quando ele perguntou sobre a sua própria nação e as outras que ele encontraria pelo caminho, ela disse que era hora de deixar aquela vida para trás e que o que viria adiante teria a benção dela, então ele não deveria se preocupar com isso agora. O abá pegou as poucas coisas que tinha trazido consigo, se levantou e falou que faria o que a Mãe-água pedisse. Só queria saber uma última coisa antes de começar a caminhada: para onde estava indo.

A Mãe-água andou para o igarapé e começou a se reunir com a água novamente, perdendo a forma de cunhã e olhando fixamente para o abá que esperava a resposta, ainda olhando para o chão e com medo. Antes de desaparecer, ela falou em um sussurro: Mamoré.

## Aikatenê

O pajé mancava a perna esquerda com dificuldade. Fazia dias que a cobra tinha lhe picado e os remédios que encontrou e aplicou estavam tendo uma ação mais lenta do que esperava. Mas era um sofrimento que sabia que era necessário, pois com sorte ainda voltaria a andar direito, um dia. A pico-de-jaca, que apareceu do nada no meio de uma sapopema, não devia ter muito veneno restante, senão Aikatenê estaria morto com certeza. Tudo isso atrasava muito a jornada do pajé, que deveria ter voltado para a nação há vários dias. A nação, a essas alturas, ou deveria ter escolhido outro pajé, ou emprestado um de uma nação vizinha, se fosse necessário. Mas ele achava difícil, pois a nação vivia em um lugar de paz e com boas relações por todo lado. Havia fartura de caça e apenas uma ocasional visita da Mãe-d'água para cuidar.

Aikatenê tinha ido visitar um parente distante que também era pajé. Ele vivia perto do iguaçu e colhia plantas do fundo, plantas que secavam como palha velha e tinham um gosto salgado. Os peixes eram diferentes também e as canoas dos pescadores eram mais largas e longas do que das nações ribeirinhas. O parente estava cada vez mais velho e preparava sua passagem para a nação de Tupã. Aikatenê foi se despedir e pegar algumas dessas plantas do iguaçu para levar de volta, já pensando em quem treinar para quando fosse sua vez de partir. Um rapaz chamado Zanzenê tinha chamado sua atenção, pois parecia que ele tinha jeito para falar com os espíritos. Mas ainda não era hora de pensar nisso. Pajelança não era só afinidade com os espíritos, era compaixão e cuidado com todo abá, inimigo ou amigo, e com os animais e plantas. Muitos abás dão por garantido o que há na floresta, sem entender que existe uma ordem no jeito que as coisas acontecem, que desde a formiga até a as árvores mais antigas, tudo está ligado.

Mas aquela cobra apareceu do nada. Apareceu e picou com maldade e foi-se embora. O pajé tinha vivido o suficiente para que os cabelos ficassem cinzas e a pele enrugada. Nunca aconteceu de ele não ter visto uma cobra. Mas ali estava a perna, pesada e dolorida, atrasando cada passo como se fosse o esforço de empurrar uma árvore quebrada para fora do caminho. Precisava chegar em alguma aldeia, ao menos isso. Talvez os Botos-cinza estivessem perto o suficiente. Chegando lá, podia até perder a perna, pois o tuxaua iria prover para ele e ajudá-lo a chegar em casa.

O dia chegava ao fim e a floresta escurecia rápido. Os carapanãs começavam a quietar e as corujas mais famintas já abriam os olhos. Logo a bicharada da noite sairia para suas funções. Aikatenê ajeitou um lugar para dormir, comeu a última parte da comida que tinha, uma carne seca de cutia que ele conseguiu pegar dias atrás. A carne dura tinha secado ao sol, no costume do parente que tinha visitado, e durava mais tempo.

Sonhou com muitas cobras, muitas, se espalhando por toda parte e engolindo tudo que tinha pelo caminho. E então um banzeiro grande, como os que viu no iguaçu perto da aldeia do seu parente, veio varrendo as cobras, levando todas com a força imparável da água. O banzeiro forte jogou todas as cobras em uma ilha muito longe dali, no meio da água grande. E as cobras, sem ter como nadar na água salgada, começaram a comer umas às outras. Cobra comia cobra que já estava comendo cobra, e as vitoriosas ficavam prenhas e pariam muitos ovos, com mais cobras para povoar e comer as filhas das outras, em uma eterna guerra entre os bichos rastejantes.

Aikatenê acordou assustado, aquilo deveria ser um sinal muito ruim. Ele não era um pajé com a visão, como muitos de seus irmãos de outras nações, nem sequer era visitado pela Mãe d'água diretamente. Quando se levantou do sono inquieto, viu uma coruja branca empoleirada com um ramo de plantas no bico. Olhou para perna e viu vários ramos dessa mesma planta espalhados sobre a perna picada pela cobra. A coruja soltou o ramo, deixando cair junto dos outros e levantou voo. O pajé não teve dúvida, juntou todos os ramos da planta, que tinha um cheiro acre que não conhecia, esmagou bem, mastigou um pouco e fez uma pasta, que enfiou no local da picada. Resolveu ficar ali e deixar aquele remédio funcionar, se não para matá-lo, deve ter sido mandado para curá-lo. De qualquer forma, alguém estava decidindo o destino dele. Ainda era muito cedo na manhã, Kûara mal espiava o céu com os primeiros raios de sol. O cansaço daqueles dias todos resolveu baixar de uma vez só e o pajé ferido fechou os olhos, se virando devagar e caindo em um sono profundo.

Dessa vez não sonhou com nada, mas sentiu o corpo adormecido por muito tempo, como se estivesse ali sentado esperando, mas sabendo que estava dormindo. Sentiu a escuridão se aproximando dos olhos, mas um facho de luz logo dispersou tudo e o brilho de Jaci o acordou. Estava suado e respirando forte, sentiu o cheiro de fezes e urina e percebeu que era de si mesmo. Se levantou para se afastar dos dejetos e encontrou a água que trazia para a viagem. Saciou a sede e enfiou as mãos no chão, cavando terra fresca para cobrir os excrementos e limpar o lombo sujo.

Finalmente, percebeu que tudo ali estava estranho. Estava bem, sem dor e andando. Sentia-se até mesmo mais forte e mais jovem. Olhou para as mãos para ter certeza e encontrou suas velhas e enrugadas palmas de sempre, o que lhe aliviou muito. A luz de Jaci era forte, mas não o bastante para ver tudo com clareza. Acendeu uma fogueira para examinar a perna mordida. Uma casca grossa havia crescido ao redor das marcas. Começou a cutucar para ver se sentia dor, quando a coruja do dia anterior cantou alto, espantando o pajé. Ali estava ela novamente, empoleirada e com um ramo de folhas no bico. Dessa vez, o pajé se aproximou e estendeu a mão, retirando as folhas do bico da ave, que não se moveu dali. Cheirou aquele presente da floresta e agradeceu. Reuniu as coisas que trazia e estendeu o braço para a coruja, que se empoleirou e caminhou até os ombros do abá recuperado. A luz de Jaci começava a fraquejar e Kûara enviava seus primeiros raios. A coruja trocou olhares com o pajé, que acariciou o peito do pássaro e começou a caminhar.

## Caminhos de vó

A areia da praia aliviou a sola dos pés cansados. Kûara irradiava tão forte que cegava quem olhasse para a brancura da praia ou para o cintilar do rio. Mas Wakirawa-ká não podia ver, então não se incomodava com os reflexos, só com o calor e com o peso da neta, que os músculos velhos se esforçavam para carregar. A prainha era algo bem-vindo depois de dois dias de caminhada pela floresta, sozinha com a neta que desandava a chorar de vez em quando e feria os ouvidos que se tornaram sensíveis com os anos de cegueira. Agora ela dormia, tão profundamente que até quando a avó a levantava para carregar melhor, não acordava. As duas estavam sozinhas agora, então Wakirawa-ká aproveitou o silêncio para sentir o chão com os pés e encontrar alguma sombra que pudesse abrigar as duas cunhãs.

Tateou com as solas dos pés enquanto andava com uma mão na frente para não se chocar contra algo inesperado. Sentiu finalmente um chão mais frio e as mãos alcançaram um galho. Botou a mão no chão e esperou para ver se tinha formiga ou algum outro bicho por ali que poderia lhe machucar, ou pior, machucar a criança. Sentou-se cansada, esgotada da vida, apoiando as costas magras contra o tronco da árvore que fazia sombra. Aguçou os ouvidos para ter certeza de que não tinha alguma cobra ou outro animal por perto, ou mesmo os abás com quem andava, mas só havia o barulho da água e das folhas das árvores. Fechou os olhos e se deixou descansar por um minuto.

Quando abriu os olhos, viu o marido de pé ali, sorrindo e dizendo que desse jeito ela não ia levar a neta de volta para os pais tão cedo, mas que ela merecia um descanso. A onça de Karikê-tê se sentava ao sol, preguiçosa e olhando para os três abás com indiferença. Wakirawa-ká reclamou para o marido que a menina chorava muito. Ele explicou que ela estava com fome de peito. A velha riu com tristeza, pois não podia fazer nada. O marido riu com ela e disse que ela podia sim, pois o Padrinho queria cuidar bem da afilhada. Mas ele ia explicar mais tarde, pois era hora de a cunhã descansar. Ele ia cuidar para que ninguém as perturbasse. A cunhã velha sorriu e fechou os olhos, dormindo quase que imediatamente, sem se preocupar.

Três dias antes, estavam os três abás viajantes com a bebê atravessando um igarapé para cortar caminho. Desde que tinham escapado da suçuarana, procuravam cortar algum igarapé com a cuia do padrinho para não deixar rastro. Andaram bastante sem serem perturbados por bicho ou outras nações, e já até achavam estranho isso, pois a selva era grande, mas não era vazia. Só ouviam os bichos de sempre, os insetos e os pássaros, o barulho de água que os jacarés e as cobras fazem quando se mexem nos igarapés. Até o andar tímido dos bichos pequenos e as passadas pesadas dos bichos maiores se ouvia, mas não se via nada. Como andavam perto do rio, comiam peixe com farinha e seguiam caminho. Naquela noite, encontraram uma praia pequena, de areia macia e poucos galhos e raízes. Resolveram dormir ali, admirando os antepassados que brilhavam alto no céu escuro de Tupã. Não fizeram fogo, pois batia um ventinho bom que levava o cansaço do dia, e a luz de Jaci iluminava o bastante para que se visse bem ao redor.

A noite foi passando tranquila, os quatro abás dormiam tranquilamente. A avó com a bebê em um dos braços, a cabeça da criança repousando na clavícula magra. O casal deitado um pouco afastado, abraçados. A floresta ficou em silêncio, naquela quietude que só acontece quando alguma coisa grande está por perto. Nem os insetos ousavam fazer barulho.

Uma mão feita com as águas barrentas do igarapé se formou na beira e começou a se estender com um braço longo, ao mesmo tempo que uma cabeça de cunhã saia da água olhando para os três abás com raiva. A mão foi se esticando ainda mais e se estendeu até alcançar o lugar onde os três abás dormiam. Ali, a mão de água se levantou e se preparou para pegar a bebê que dormia. A cunhã das águas parou antes de fazê-lo e olhou para o casal que dormia ali ao lado, decidindo mudar de rumo. Com um olhar de ódio, ela criou outra mão que saiu das águas e se esticou como a anterior. As mãos de água enterraram os dedos nas areias macias da praia e começaram a cavar, silenciosas e eficientes.

Wakirawa-ká acordou com o choro da bebê, que mais gritava do que chorava, acompanhado dos gritos da filha e do genro. Sem saber o que estava acontecendo, perguntou o que houve, mas os abás só gritavam para ela sair dali e continuar andando, eles disseram que iriam alcançá-la, mas que ela tinha que sair dali o mais rápido possível. A velha se levantou com dificuldade, ergueu a bebê nos braços e rumou para onde os parentes indicavam com a voz. Seguiu mais alguns passos e só ouviu eles gritando para ela seguir em frente, acompanhado do rugido de uma onça e do estalido rouco de jacarés. Assustada e com medo de machucar a criança mais do que a si mesma, começou a andar o mais rápido que podia. Pisou em uma raiz pontuda que a fez gritar de dor, mas não caiu e nem parou de andar. Mancava e tateava com uma das mãos, se desesperando cada vez mais e esquecendo de usar os sentidos apurados e ouvir a floresta. Começou a chorar quando sentiu uma mão segurando o pulso do braço que se estendia para tatear o caminho. Era uma mão macia e leve, como se fosse feita de ar. A mão lhe deu um puxão muito gentil em uma certa direção e ela seguiu a orientação. Continuou seguindo até que não sentiu mais a ajuda do guia que tinha lhe levado até ali. Começou a tatear novamente e sentiu uma sapopema e o chão com folhas secas e macias. Parou para ouvir se não havia cobra por ali, até se sentir segura, sentou-se entre as raízes grandes da árvore e tentou acalmar a criança, que já sem forças para chorar, soluçava sem parar. Depois de algum tempo, a criança dormiu e Wakirawa-ká tentou pensar no que fazer. Tentou ver o futuro da bebê, mas nada vinha a não ser uma névoa. Colocou a criança adormecida com cuidado no chão e tateou mais um pouco ao redor. Cheirou as árvores que conseguiu encontrar, mas nenhuma era de fruta. Não carregava nada consigo. Não sabia mesmo o que fazer. Deitou-se ao lado da neta e adormeceu na esperança de que os parentes as encontrassem logo.

Abriu os olhos e viu a floresta, verde e escurecida com o entardecer. Ficou confusa com a visão ter lhe voltado e mais confusa ainda com o céu que estava escuro como madeira queimada, mas de alguma maneira, ainda havia luz do dia passando por entre as folhas das árvores. Lembrou-se do que aconteceu e olhou para onde a netinha deveria estar. Ela estava lá, dormindo pesadamente. Estendeu a mão para acariciar a bebê e percebeu que sua pele estava jovem novamente, olhou para o corpo e as rugas e machucados de anos de cegueira tinham desaparecido. A última vez que tinha se visto assim foi quando...

Os pensamentos foram interrompidos pelo rugido estalado e baixo de uma onça, pelo volume, ela estava bem atrás da cunhã e já era tarde demais. Fechou os olhos com força e se preparou para o pior quando ouviu uma voz dizendo para que ela se acalmasse que estava tudo bem. Aquela voz era inconfundível: Karikê-tê. O marido, morto há tanto tempo, estava ali de pé, moço como quando era antes de morrer, o mesmo sorriso que fez aquela cunhã se apaixonar por ele. Sem pensar, ela se levantou e correu para abraçar o marido, que a recebeu com todo o amor de uma saudade de décadas. Wakirawaká chorou de felicidade e apontou para a neta, orgulhosa. O marido-espírito deixou que a esposa viva lhe falasse tudo que quisesse e finalmente explicou que aquilo era um sonho, mas que ele estava ali para ajudar no mundo dos vivos, que a mão dele é que a guiou para fora do perigo. Wakirawa-ká chorou ao saber que nada daquilo era real, mas entendeu que era necessário para o momento. Perguntou ao marido por que ele estava moço, pois nos outros sonhos ele estava velho como ela. Ele falou que para eles poderem sair daquela mata, precisavam da força da juventude, e que explicaria mais depois. Mas nos próximos dias ele só iria guiá-la e não poderia falar muita coisa sobre o porquê de estar ali. A velha chorou um pouco mais, a saudade era muito grande e ela nunca tinha amado ninguém como ela amava o marido defunto, que a acariciava nos cabelos e nas costas e deixava que ela falasse tudo o que quisesse, de vez em quando tocando no rosto dela com a mesma saudade que os vivos têm dos mortos.

Wakirawa-ká acordou toda suada, com lágrimas escorrendo dos olhos. Tateou e encontrou a bebê, que estava acordada, mas parecia estar calma, mexendo as perninhas distraidamente. Sentiu um cheiro de fruta e tateando mais um pouco, encontrou alguns maracujás-do-mato por ali. Agradeceu ao marido com um sussurro e alimentou a si e a neta. Depois disso, começou a caminhada.

## Separação

O barulho de água e o choro da bebê acordaram Makira-wê de um sono profundo a aquecido pelo ombro macio do marido. Ainda desorientada, se virou para ver o que estava acontecendo e deu um grito que fez Iwaruku-tê se levantar tão rápido que o sangue não acompanhou a subida e o deixou zonzo por um momento. A esposa continuou a gritar, apontando para o lado, e o pajé finalmente se recobrou e viu o que não acharia que fosse ver um dia.

Um igarapé tinha se aberto entre eles e as outras cunhãs. E não só tinha começado a se abrir, mas aumentava cada vez mais. Na beira de cada lado, a corrente era forte e a água borbulhava e se agitava, como se mil abás estivessem dançando em cima do igarapé. Wakirawa-ká olhou para a direção do rio e viu a cunhatã do igarapé das cutias, só que ela não era mais uma cunhatã, e sim uma cunhã crescida, mas o rosto era inconfundível – e o ódio no olhar dela também. O pajé também viu a moça das águas, mas se preocupou mais com a filha e com a sogra que estavam do outro lado daquele igarapé turbulento que se abria mais e mais no meio da praia e que com certeza afogaria quem quer que tentasse atravessá-lo a nado. Ainda pior, dois jacarés saíram da água no lado da avó e da bebezinha, rumando com seus passos pesados para as presas fáceis.

O casal começou a gritar para a cunhã velha, que segurava a bebê em pânico. Eles olharam para o rumo do igarapé para ver se acabava em algum lugar próximo, mas parecia que ia longe. O que quer que a Iara estivesse tentando fazer, estava determinada a impedir que a família se reunisse. Iwaruku-tê lembrou-se da cuia do padrinho e já ia pegá-la, quando o rugido de uma onça se adicionou ao barulho e à confusão toda. O casal olhou para trás e ali estava a suçuarana de dias atrás, que quase matou Makira-wê. Ela vinha com um passo mancado, ainda dolorida das pancadas que o pajé desferiu para salvar a esposa, mas o ódio do animal era maior do que a dor e o rugido trazia toda a frustração que ela carregava por dias desde que começou a seguir os abás. Era fácil pensar que isso talvez fosse obra da cunhã das águas, pois onça não costuma se comportar assim e nem ir tão longe para fora de seu território. Iwaruku-tê ficou paralisado ao ver a suçuarana ali, memórias de sua nação dizimada por abás que adoravam aquele animal. O transe de medo foi quebrado pelos gritos da mulher que agora dava direções para a mãe adentrar a floresta e se manter a salvo de dois jacarés que saíram da água do lado de lá.

Em meio àquela confusão toda, o pajé conseguiu sair do medo e teve uma ideia: meteu a cuia do padrinho na areia da praia e jogou na cara da suçuarana que já se preparava para dar o bote no casal, o bicho ficou atordoado por um instante, mas deu o salto assim mesmo, como o pajé esperava. Ele conseguiu empurrar a mulher para fora da zona de ataque da onça, que caiu perto da beira do igarapé de mau jeito e se apoiando na pata ferida, o que a fez rugir de dor. O abá não perdeu tempo e se jogou de ombros contra o animal atordoado, que tombou na água borbulhante e foi logo tragada pela correnteza estranha que passava por ali. A Iara começou a gritar de ódio, pois não era sua intenção ferir nenhum animal. Iwaruku-tê se moveu o mais rápido que podia e enfiou a cuia na areia novamente, enchendo-a e em logo em seguida, jogando-a na direção da Iara.

A cuia cheia de areia acertou a cunhã das águas em cheio, mas a atingiu como se atingisse um tronco de árvore, com um som baixo e profundo, se espatifando em vários pedaços. A areia que ali havia começou a se misturar com a água do corpo da Iara, que gritava incrédula com o que aquele pajé tinha ousado fazer. A pouca areia se tornou muita e o corpo da cunhã se misturou e dissolveu, deixando apenas um banco de areia perto da beira do rio. As águas do novo igarapé começaram a se acalmar. Os jacarés andavam pela praia frustrados de ter perdido a caça fácil e deram meia volta. A suçuarana desapareceu, mas por via das dúvidas, Iwaruku-tê pegou a mão da mulher e a puxou para saírem dali o mais rápido possível, dizendo que iam encontrar as parentes assim que saíssem de perigo. Makira-wê chorava ao correr, preocupada com a mãe cega e a filha, e agora com muito medo da cunhã das águas.

## Subindo o rio da cobra

Zanzenê passou por duas nações amigas e mais outras que não conhecia enquanto subia o rio novo da cobra. Seus parentes destas nações lhe contaram que aquele rio novo perturbou tudo por ali. A bicharada que eles estavam acostumados a ver e caçar tinha ido para algum outro lugar e novos bichos apareceram: macacos estranhos de rabo muito comprido, insetos esquisitos que parecia que picavam com maldade e até mesmo plantas que cortavam a pele de quem passasse por elas sem cuidado. Mas ao mesmo tempo, uma peixarada muito diferente veio nadar naquele rio novo e grande de águas tão barrentas que não dava para beber de cuia. Eram uns peixes gordos, que alimentavam vários abás e eram fáceis de pescar. Dizia-se até que havia um deles que colocava a cabeça para fora da água e resmungava, mas aí nadava para o fundo e desaparecia de novo. Os botos também começaram a aparecer mais, saltando aqui e ali, anunciando sua presença e deixando as cunhãs preocupadas, pois muitas vezes boto era sinal de criança nova na nação.

Zanzenê ouvia esses relatos todos e pedia ajuda dos parentes, explicando que precisava levar um recado para um abá muito distante, a pedido de seu pajé, que ninguém por ali sabia que nunca tinha retornado. Quando perguntado pelos abás mais velhos quem era esse abá que morava tão longe para ter essa necessidade, ele simplesmente dizia que só tinha recebido instrução de subir o rio até um certo ponto, onde havia uma planta rara que seu pajé precisava. Ninguém duvidava da mentira, pois era comum ir longe para se conseguir certas plantas e frutos. Era sabido que certas plantas só cresciam perto de igarapés de água preta, ou em morros muito altos. Os abás então ofereciam a hospitalidade da nação e o deixavam passar, mandando até um curumim na frente para avisar que ele estava a caminho.

A última nação que visitou já não falava bem a mesma língua e a comunicação foi mais difícil. Somente um dos abás mais velhos falava mais ou menos o idioma e explicou de ali em diante ele não encontraria quem o entendesse bem. Também avisou que iria demorar a ver outra nação, pois onde agora havia aquele rio enorme vários igarapés novos haviam nascido, e as nações que por ali moravam começaram a se mudar muito mais adentro na mata, com medo de tantas mudanças e dos espíritos que chegariam com elas. Zanzenê se deitou na rede dos parentes naquela noite e olhou para o céu cheio de estrelas de Tupã, se perguntando se aquele caminho todo era a coisa certa a fazer. Ninguém que ele conhecia tinha ido tão longe, nem sequer havia relatos de aventuras como essa entre os povos que conhecia. Além disso, havia rumores de nações mais violentas, que matavam qualquer um que aparecesse em seu território e até comiam carne de abá. Outras bocas diziam que também havia nações que faziam de suas vidas tomar as aldeias e mulheres das nações vizinhas, se expandindo para tão longe que já nem se sabia quem era o tuxaua de quem. As histórias mais assustadoras, porém, eram de nações muito estranhas, que se vestiam com pedras brilhantes e viviam em aldeias de rocha, que essas nações viviam nas grandes subidas pedregosas de Tupã, em um lugar tão longe que até quando se avistava o topo desses lugares, ainda se estava muito longe.

A necessidade de se aliviar bateu forte e Zanzenê foi para uma moita. Quando terminou as necessidades, em vez de voltar para a rede, começou a caminhou até a beira do rio da cobra. Os banzeiros trabalhavam sem parar e já tinham feito uma pequena praia. A areia era barrenta e grudenta, mas a luz de Jaci cintilava na água do rio novo. Zanzenê se acocou e esperou para ver se a Iara iria aparecer para ele. Depois da primeira aparição, ela só veio até ele em sonhos onde ele se afogava no fundo de um rio de água preta, a luz do dia varando pela água que ficava marrom-clara, mas ele nunca conseguia nadar para cima. A Iara aparecia então, com muitos braços o abraçando e colocava a boca dela na boca dele, lhe dando um pouco mais de ar para respirar. Ela então falava para ele continuar andando, que ele era o escolhido dela. Ele começava a chorar de medo, sentindo as lágrimas se misturando com a água do rio. Ela então o trazia para o seio, mas virava um turbilhão e começava a afogá-lo cada vez mais. Ele então acordava, suado e tossindo, com o coração parecendo que ia rachar-lhe o peito. Cada sonho desses lhe deixava com mais medo de desobedecer a mãe d'água, mas ao mesmo tempo lhe dava uma ânsia de querer vê-la fora dos sonhos, para ter certeza de que não foi abandonado.

O abá estava tão absorto em seus pensamentos que não percebeu nada até que duas pontadas lhe perfuraram a cabeça, com um peso enorme, seguido de um puxão que o jogou no chão de costas. A visão dele ficou turva e o corpo não lhe obedecia, pior, começou a tremer incontrolavelmente. Zanzenê parou de sentir dor ou medo ou qualquer outra sensação, o que era muito estranho, mas continuou a ver tudo que acontecia na sua frente. A barriga peluda da onça lhe cobria a vista quando de repente, a felina foi suspensa no ar. Agora tudo que ele podia ver eram as estrelas no céu, mas os sons que ele ouvia não eram nada como a paisagem quieta do céu noturno. A onça rugiu uma ou duas vezes e um barulho de água seguiu, como se ela tivesse pulado no rio. A onça rugiu mais uma vez, só que com o pavor que os animais mostram quando encontram um predador. Quem estava matando a onça, Zanzenê não sabia, mas com certeza estava afogando a felina. O abá tentou mexer os braços, mas só sentiu seu corpo ainda tremendo, começando a entrar em espasmos tão fortes que lhe viraram o corpo todo. A cabeça dele ficou virada em direção ao rio, onde ele viu as costas de uma cunhã muito grande com os braços enfiados na água. A escuridão da noite começou a ficar ainda mais escura e a visão do abá foi se perdendo, como se ele caísse no sono. A última coisa que viu foi o corpo da onça caindo ao seu lado, o animal ainda de olhos abertos, a boca enorme se mexendo lentamente em seus últimos suspiros.

# Memórias de presente

Os dois abás andavam pela mata, Karikê-tê tapava os olhos de Wakirawa-ká com as mãos, andando por trás dela com os passos apertados. A cunhã ria da brincadeira do companheiro, que de vez em quando lascava um beijinho na parte de trás do pescoço dela. Pararam, enfim, com a orientação do abá. Ele a fez prometer que não iria abrir os olhos até ele falar que ela podia. Ela continuou rindo e perguntou o que tanto ele queria mostrar para ela, pois não se aguentava de curiosidade. O abá falou que já já ia mostrar, mas que ela tentasse usar os outros sentidos para adivinhar. Ela respondeu que era difícil sem ver, mas que ia tentar cheirar. O companheiro respondeu que não só cheirasse, mas procurasse tatear também, ou até mesmo sentir. Brincou que ela sabia bem o cheiro e a textura dele, que se estivessem em uma oca cheia de abás ela poderia o encontrar fácil, fácil. A cunhã se riu toda, era verdade. O cheiro de Karikê-tê era uma das coisas que ela mais amava naquele abá. O cheiro e a firmeza macia da pele dele, que se contrastava com a magreza pronunciada nas costelas e na clavícula, coisas únicas daquele abá que ela amava tanto.

Suspirando, ela se concentrou e esvaziou os pulmões, colocando as narinas para trabalhar. Pediu que o marido tirasse as mãos dos olhos dela, para que ela pudesse relaxar e se concentrar no cheiro. Assim que ele começou a tirar as mãos, ela as segurou e colocou na própria cintura. Agora ela sentia a respiração do abá nas suas costas, sentia o suor dos dois corpos começando a sair pelos poros... E sentiu um cheiro forte de açaí. Açaí e... Algo mais. Algum tipo de carne ou peixe? Ficou na dúvida, mas começou a sorrir, pois sabia o que era a surpresa daquele abá magro e apaixonado. Ainda segurando as mãos do marido na cintura, se virou para ele e o abraçou, sorrindo. Ele reclamou que ela ainda nem tinha visto o que era, mas ela disse que já sabia e que o mais importante era o que ele tinha feito por ela.

Ainda com os olhos fechados, ela começou a beijar o pescoço do marido enquanto lhe acariciava o cabelo. Foi aí que a cunhã começou a sentir um arrepio, um medo sem tamanho. O cheiro de Karikê-tê ficou forte, misturado com terra e sangue e catinga de onça, ela se afastou dele e abriu os olhos, a primeira coisa que viu foi o próprio seio com sangue e lágrimas derramando de seu rosto. Depois disso, viu a mão do marido segurando a sua própria, o rosto sorridente dele em seus últimos momentos e um grito se formando, como uma chuva que vai chegando...

Karikê-tê balançava a cunhã com força, gritando o nome dela. Wakirawa-ká abriu os olhos e viu o marido assustado. Sentiu o corpo deitado no chão da floresta, as folhas secas lhe pinicando as costas e o sol atravessando o dossel e lhe cegando o olho esquerdo.

Levantou-se devagar com a ajuda do marido que, preocupado, lhe perguntava se estava tudo bem. Virou-se e viu um paneiro cheio de açaí e outro com um queixada morto. Beijus e algumas cuias repousavam em folhas de bananeira estendidas no chão, com helicônias enfeitando o banquete. A surpresa de Karikê-tê era a coisa mais linda do mundo. Ela esqueceu a visão que teve e abraçou marido, mas não conseguiu conter as lágrimas que misturavam alegria e medo, pois no fundo do coração ela sabia que tinha visto o que ainda estava para acontecer.

Acalmou o marido com agradecimentos e beijos, disse que estava em dias de sangue, por isso deve ter desmaiado. Perguntou se ele ia esmagar o açaí e tirar a carne do queixada para ela, enquanto ela assistia. O abá finalmente deixou um pouco da preocupação de lado e começou a preparar a comida da amada. O sol brilhou mais forte entre as folhas que se mexiam com o vento e o medo se dissipou um pouco. Terminaram a refeição e voltaram para a aldeia, dividindo a carne e boa parte do açaí com o resto da nação. Os curumins comiam com gosto, as cunhãs riam com o sorriso roxo de açaí. Wakirawa-ká sorriu e pensou se o marido ia deixar um bebê para ela antes de ir embora deste mundo.

O choro da neta a tirou da memória vívida. Talvez estivesse sonhando. Ouviu a voz envelhecida do marido dizendo que lembrava daquele dia como se fosse ontem, de como ela estava bonita e do susto que ela deu nele desmaiando daquele jeito. Wakirawa-ká abriu os olhos e viu o marido com a onça que o acompanhava. Ele se aproximou e pegou a neta nos braços, que parou de chorar imediatamente. Se aproximou da cunhã velha e colocou uma das mãos no ombro dela, dizendo que toda vez que ela lembrava dele daquele jeito, ele chorava de alegria e de tristeza, mas acima de tudo de tanto amor que ela ainda tinha por ele, tanto tempo depois. A cunhã começou a chorar, reclamou da saudade, do medo que sentia e de ter ficado cega. Reclamou que antes dele não havia abá na vida dela que lhe interessasse e que depois que ele partiu o que ela mais sentia saudade era o cheiro dele e o jeito que o corpo magro a incomodava quando ela dormia. Os dois abás velhos riram com lágrimas de saudade. Ela disse que ele deveria ter ficado com ela.

Karikê-tê sorriu, consolando a parceira viva e disse que ele iria ouvir tudo que ela queria dizer, mas precisavam começar a andar novamente. Ele disse que ela ia ficar cega de novo, então que segurasse no rabo da onça. Colocou a bebê no braço livre da avó e disse que gostaria tanto de poder carregar a netinha durante a caminhada, mas só era permitido guiar. A cunhã velha perguntou quem deu essa permissão, mas o marido morto sorriu e começou a andar, assobiando como um passarinho.

# Despertar

Zanzenê acordou em uma praia barrenta, daquelas onde o barro desbotado se desmancha fácil, erodindo o suporte das árvores e comendo as beiras de um rio novo. Não sabia como tinha chegado lá, tudo estava coberto de névoa, como nos dias de friagem da época de chuva. Tentou se levantar, mas a cabeça começou a doer demais e resolveu ficar no chão, puxando os cabelos de tanta dor.

Depois de um bom tempo, a dor começou a passar e ele conseguiu abrir os olhos, a respiração ofegante estava rápida, como acontece nas dores mais profundas. Kûara não estava no céu. Nem Jaci. Não estava claro e nem escuro, não estava frio e nem quente. A névoa não o deixava ver mais do que uma canoa de distância. Balbuciou algumas palavras para ver se ouvia o som da própria voz, mas só escutou grunhidos. Começou a ficar com medo, pois não tinha recordação de como tinha chegado até lá. O medo virou choro, mas um choro quieto, lágrimas lhe escorrendo do canto dos olhos.

Tentou se sentar e conseguiu, com muito medo de a dor lhe atacar novamente. Olhou para o corpo e viu que estava todo pintado de um jeito que nunca tinha visto. As pernas tinham linhas paralelas curvadas, como cobras rastejando. O peito estava coberto de pintas, com as de uma onça, os braços tinham linhas grossas e mal desenhadas, como se tivessem sido feitas com um galho encarvoado. Passou a mão na cabeça e percebeu que seu cabelo estava curto nos lados e longo no topo. Apalpando o próprio escalpo sentiu duas marcas, cicatrizes de alguma coisa da qual ele não se lembrava.

Olhou ao redor e viu somente uma lança simples, sem adornos. Se virou na direção da floresta e viu alguns peixes em uma folha de bananeira. A fome lhe veio em um instante e se levantou em direção ao pescado. Segurou um dos peixes, um tambaqui pequeno e gordo, e cravou os dentes na costela. O sangue do peixe escorreu pelos cantos de sua boca e ele chupava a carne macia, mastigando com uma fome que não conhecera antes. Começou a usar os dedos para puxar a carne do peixe, mas acabou atingindo as tripas e espalhando fel. Quando sentiu o gosto ruim, gritou de raiva e jogou o peixe para os lados, pegando um dos jaraquis que também estavam ali. Comeu com a mesma ganância, se engasgando com as espinhas e ignorando a dor. Ouviu um estalido e se virou, vendo um jacaré pequeno saindo da água. Pegou a lança e correu para cima do animal, fincando a lança bem atrás da cabeça. O jacaré se mexeu, dando alguns espasmos e morrendo rapidamente. Com a lança ainda presa na espinha do bicho, Zanzenê o arrastou mais para dentro da praia e o virou de barriga para cima. Usando a lança, conseguiu cortar o rabo e começou a comer a carne crua e pitiuzenta[17]. O sangue lhe escorria pelo peito, mas a satisfação da fome era tudo em que ele conseguia se concentrar. Terminou a refeição voraz e se deitou ao lado da caça, ofegante. Sentiu a comida voltando e se virou, vomitando parte da carne. Sentiu-se sufocar e o mundo escurecer novamente.

Acordou, mas dessa vez tossindo muito, se virou e vomitou um pouco mais de carne. Não sabia como e nem porque estava vomitando. Olhou ao seu redor e viu a carcaça de um jacaré e de peixes e uma lança com a ponta suja. Levantou-se e foi até a beira do rio para beber água. Alguma coisa estava errada, alguma coisa estava faltando, mas não sabia o que era. Kûara brilhava alto e o calor lhe aliviou o desconforto do vômito. Resolveu mergulhar na água para se limpar da viscosidade que sentia no corpo todo. Tentou lembrar como chegou ali, mas nada lhe vinha à mente. O mais estranho é que também nada lhe incomodava. Sentia uma paz de Jaci. Alguma coisa iria se revelar, mas não sabia o que e nem quando. Não importava.

Saiu da água e arrastou as carcaças para a beira, deixando-as à mercê da selva. Lavou a ponta da lança e começou a andar, seguindo rio acima e andando o mais próximo que podia da beira. Andou até a hora de Kûara se despedir e fez uma fogueira para passar a noite. Não sentia fome nenhuma, então simplesmente se deitou para dormir. Olhava seus antepassados no céu de Tupã, lhe espiando entre as aberturas do dossel que se moviam com o vento noturno, o eterno baile das árvores. Sonhou com uma cunhã que lhe visitava

---

[17] De "pitiú": Termo popular para a gordura de peixe, especialmente quando malcheirosa.

naquele lugar, bonita e jovem como ele nunca tinha visto. Ela se sentava nele e começava a se mexer para frente e para trás, o rosto sério e os olhos da cor de igarapé raso. Zanzenê sentia seu corpo reagir ao movimento e a cunhã bonita começando a gemer. O gemido dela se tornava mais alto e a cabeça do abá começava a doer. Ela estendia a mão e os dedos dela entravam nas cicatrizes da nuca do abá. Ele sentia o mundo escurecendo enquanto a cunhã gemia e gemia, os gritos se tornando um rosnado de onça, cada vez mais alto. Zanzenê então deixava-se tomar pela escuridão e quando deu por si, rosnava tão alto quanto a cunhã, sua garganta sentindo como se fosse se rasgar. Segurou a cunhã pelo quadril e a puxou para o chão. Ela caiu de costas, com um olhar de ódio e desejo. O abá imediatamente a segurou pelas pernas e voltou a penetrá-la, os dois rugindo à luz fraca da fogueira. A cunhã arranhava o peito e o rosto de Zanzenê, mas ele não sentia nada a não ser o desejo que ali mesmo era consumido. Com um último rugido, o abá se satisfez. A cunhã o empurrou com os pés, chutando. Os dois ofegavam e soltavam estalos de rosnados, os olhos fixos um no outro. A cunhã se levantou e começou a andar. Zanzenê deixou o corpo desfalecer, a última coisa que viu antes de dormir foi um pé molhado perto de seu rosto.

Passaram-se dias e dias de caminhada e de esquecimento e de pacífica confusão. Zanzenê acordava sem saber como tinha chegado onde estava, mas não se importava. Sentia a barriga cheia e uma paz no coração. Às vezes acordava entorpecido e cheio de dor, a cabeça coçando na nuca e ardendo como corte de tiririca, a fome doendo no estômago, um apetite tão grande que quando ele achava caça já comia com o couro, às vezes quebrando os dentes nos ossos, o sabor amargo das tripas fazendo ele vomitar. Algumas noites ele recebia a visita da cunhã de olhos de água, que lhe entregava o seu corpo e partia logo em seguida, às vezes com ódio no olhar, às vezes chorando, mas nunca dizendo nada.

Uma noite, ela apareceu de novo. Mas em vez de sentar-se nele como sempre fazia, deitou-se com a cabeça no peito dele. O cabelo dela cheirava a mata e terra e o corpo dela era macio e bom de sentir perto. Ele começou a acariciar o cabelo dela e se distraiu com aquilo. Parecia que já conhecia aquela cunhã de muito tempo, mas nunca se lembrava de onde. Eles ficaram ali bastante tempo, até que ele sentiu o próprio peito ficar molhado e percebeu que eram lágrimas. Ela soluçava cada vez mais e se aconchegava mais perto do corpo dele, como que pedindo por proteção e carinho. Ele se levantou gentilmente, colocando-a de costas no chão e se ajoelhando ao lado dela, olhando fundo naqueles olhos cor de igarapé. As lágrimas corriam sem parar, mas ela não fazia nenhum som. Zanzenê correu o lado dos dedos nas bochechas dela, tirando o excesso do rio salgado e transparente que escorria daqueles olhos que antes emitiam tanto ódio, tanta ferocidade, mas que agora só deixavam passar tristeza. Se abaixou devagar a beijou a cunhã no pescoço, e foi subindo com os lábios para as bochechas, onde começou a beber as lágrimas que vinham cada vez mais cheias.

No momento em que sentiu o gosto do choro, Zanzenê começou a ver uma névoa se desfazendo, como se um vento muito forte levasse a friagem para longe dali. A névoa que partia abria a vista de uma clareira no meio da mata, onde um tronco velho de castanheira apodrecia, quebrado quase que na base, o tronco do que foi aquela árvore majestosa jazendo quase desfeito, dava para ver as larvas de besouro se fartando na madeira. Em cima desse tronco havia outro, mas estava tão apodrecido que não dava para distinguir a árvore. Um choro vinha por detrás dos troncos e Zanzenê tentou andar em direção ao som, mas ele não conseguiu se mexer, nem sequer virar a cabeça. De repente, um animal saiu detrás do tronco, caminhando desajeitadamente. Era uma oncinha, mas em vez de pintada ou suçuarana, era preta como a noite. A filhote deu alguns passos e finalmente fincou as patas no chão com firmeza e sacudiu o corpo, emitindo um rosnado típico de um filhote, mas que cresceu e virou o rosnado feroz de uma onça adulta. Outras oncinhas começaram a aparecer, saindo da mesma maneira que a irmã mais velha e rosnando assim que aprendiam a ficar de pé. O choro que vinha de trás do tronco parou e dali saiu uma cunhã. As pernas deram passos incertos e fracos, estavam marcadas de sangue até a vagina. A barriga estava inchada e os peitos cheios, vazando leite pelos mamilos, que se misturava ao sangue que as oncinhas começaram a lamber das pernas dela. Uma das mãos segurava uma faca que respingava sangue e a outra segurava algo disforme e escuro. Finalmente, Zanzenê pode ver o rosto da cunhã, que percebeu que era a mesma cunhã que lhe visitava naquelas noites ao redor do fogo, seus olhos amarelos cheios de dor e ódio. Ela levou a mão que segurava a forma estranha à boca e Zanzenê percebeu que era uma placenta. Ela mordeu um bocado, rasgando com os dentes enquanto puxava com a mão e começou a mastigar.

Zanzenê voltou a si e viu a cunhã ainda deitada ao seu lado, olhando-o fixamente. As lágrimas tinham diminuído bastante, mas os olhos ainda marejavam. Quando percebeu o que tinha visto, o abá não se aguentou e começou a chorar, pois entendeu o que estava acontecendo durante esses dias todos. A cunhã se sentou e abraçou Zanzenê devagar e puxou a cabeça dele para baixo com carinho. Ele a sentiu beijar sua nuca, no local onde estavam aquelas duas marcas das quais ele não se lembrava como tinha ganhado. Ela então levantou a cabeça dele novamente e o abraçou, saindo da posição em que estava sentada e o envolvendo com as pernas. Foi lhe puxando devagar e o beijando, as lágrimas dos dois se misturando com a saliva e o suor. Os corpos se uniram novamente, semeando aquilo que agora os dois sabiam que teriam que colher.

## Tartarugas

Aikatenê andou muitos dias, andou muito e sem parar, a não ser para dormir. Depois que se recuperou da mordida da cobra, sentia como se tivesse a energia de muitos curumins. Andar não lhe cansava mais e nem lhe doíam os pés de tanto andar. Não precisava caçar, pois a coruja que lhe acompanhava sempre trazia alguma caça durante a noite, quando ele parava para dormir. Preparava o que quer que ela lhe trouxesse e comia uma parte antes de se deitar e outra parte durante sua caminhada. Água era sempre fácil de encontrar, mas sequer sentia muita sede. Simplesmente sentia que podia caminhar para sempre, se quisesse. A coruja companheira dormia empoleirada em seu ombro durante o dia e assim que Kûara dava lugar a Jaci, levantava voo e só aparecia para lhe deixar a caça, voando novamente para algum lugar. Quando ele acordava ali estava ela, esperando para pousar em seu ombro e descansar durante o dia.

No começo, o pajé tinha tentado voltar para a sua nação, mas a coruja protestava, abanando as asas e bicando a cabeça do pajé. Ele entendeu então que a nova vida que tinha ganhado tinha outro propósito e começou a andar na direção que não acordava a companheira. Com algumas tentativas e erros, ele percebeu que podia até se desviar um pouco da direção certa, mas se tentasse voltar ou ir para outro rumo, a coruja acordava e fazia um fuzuê, não quietando até que ele rumasse para o caminho certo.

O que havia de certo nesse rumo intrigava o pajé. Taikazetê era o pajé antes dele, um abá muito gordo e velho, mas muito sábio, que um dia o tomou pela mão enquanto ele brincava com os outros curumins. Os pais de Aikatenê sorriam para o filho que tinha sido escolhido para cuidar da nação e falar com os espíritos. Taikazetê não falava muito, mas mostrava devagar como fazer o que fosse preciso para cuidar das mazelas e ferimentos da nação. Em vez de dar nome às ervas, pós e raízes, ele fazia Aikatenê provar o gosto ou sentir o cheiro e a textura de cada coisa. Quando a Iara era vista no rio ou em algum igarapé, ele levava o curumim ao seu lado para deixar a oferenda. Algumas noites, eles iam para a praia mais próxima, onde era ensinado o desenho de algumas estrelas e o que havia na direção delas.

O tempo foi passando e chegou a hora de o curumim virar abá. Naquela nação, os rituais eram simples. Se um curumim fosse um bom caçador, só precisava procurar uma esposa para se tornar abá. Pajés não costumavam ter companheiras e nem filhos, pois a nação era a companheira e os abás e cunhãs seus filhos, mas Taikazetê achava importante que seu aluno soubesse como os rituais de união ocorriam. Quando Aikatenê já mostrava sinais de que estava amadurecendo, arranjou para que uma cunhã que tinha perdido o companheiro lhe mostrasse os caminhos do corpo. O jovem aprendiz voltou para sua oca um dia e não entendeu o que aquela cunhã estava fazendo ali. O pajé gordo apareceu na porta e disse que eles tinham o resto do dia para se entender, mas Aikatenê só saiu dali na manhã seguinte.

Aikatenê riu alto com aquelas lembranças, o que acordou a coruja por um momento, que deu uma bicada leve no pajé e voltou a dormir. Aquela cunhã que lhe mostrou os desejos da carne arrumou um companheiro pouco tempo depois e aquela noite ficou na memória mais como um ritual do que uma diversão. Taikazetê envelheceu muito nos anos seguintes e aos poucos Aikatenê assumiu todas as obrigações. Apenas as decisões importantes que o tuxaua precisava tomar eram consultadas com o pajé velho. No dia em que Taikazetê morreu, Aikatenê estava sentado ao seu lado na rede. A mão gorda e grande, engelhada pela idade, puxou a cabeça do pajé novo e a colocou contra o peito macio. Aikatenê podia ouvir o coração de seu mestre se despedindo do mundo. O pajé velho beijou o afilhado na cabeça, agradeceu e o apertou contra o peito com força. As lágrimas de Aikatenê começaram a rolar quando ele sentiu aquele puxão enfraquecer e a mão deslizar de sua nuca para suas costas, sem forças. O velho pajé foi enterrado não muito longe da aldeia, seu corpo foi coberto com as ervas que usava para cuidar da nação. Foi uma despedida bonita.

Aikatenê nunca entendeu por que tinha sido escolhido. Aprendeu bem o uso das ervas e remédios da floresta e o tuxaua valorizava seu conselho em decisões, mas não falava muito com a floresta, não sentia nenhuma conexão espiritual com os bichos e fazia os rituais da Iara simplesmente por tradição, já que ela nunca falava com ninguém da nação diretamente. Seguia com as tarefas com honra e respeito, mas até receber a visita da cobra e da coruja, achava que passaria pela vida como um simples pajé que cuidava da sua gente e lembrava os mais jovens das coisas da nação. Mas nessa caminhada sem fim, que não sabia onde ia dar e nem no quê, via que tinha um propósito com a floresta – e com quem quer que o estivesse abençoando com toda aquela vitalidade, fosse Kûara, Tupã ou até mesmo a Mãe-cobra.

A caminhada o levou a uma parte larga do rio. A Mãe-cobra havia comido aquela parte e alargado tanto que não dava para ver o outro lado, quase. As árvores caiam dos barrancos de barro erodido, morriam lentamente tombando da terra para a água marrom que carregava o tronco das falecidas para longe. O caminho para seguir adiante seria por dentro da mata, mas quando Aikatenê começou a andar, lá a coruja começou a bicá-lo. Ele grunhiu e refez o caminho de volta para o rio, tentando ver por onde poderia andar. Era tudo barranco naquele lado, ia ser difícil não te que nadar. Começou a contornar os barrancos, tentando se segurar nas raízes expostas e olhando para cima para ter certeza de que alguma árvore não fosse cair em cima dele. Os pés afundavam no barro e ficava cada vez mais difícil dar um passo adiante. Mesmo com a nova vitalidade, não dava para continuar aquilo por dias e dias. Foi então que viu uma ilhota no meio do rio. Parecia um banco de areia com algumas palmeiras de patauá crescendo no meio. Era muito estranho que ele não tivesse notado isso antes, mas deu de ombros e resolveu nadar até lá. Talvez de lá pudesse enxergar até onde os barrancos iam ou até mesmo se a outra margem podia ser alcançada. Entrou na água devagar para não espantar a coruja, mas ela mesma despertou e levantou voo, indo aterrissar na ilhota. O pajé não demorou muito e já estava lá, a ilhota parecia estar em cima de um barranco, pois não havia a inclinação do solo, somente uma beira onde a terra terminava e a água começava. Subiu na ilhota e esperou a coruja, mas ela não desceu de onde estava. Resolveu sentar-se um pouco e descansar, mas acabou caindo no sono.

Acordou com assovio fraco, quase inaudível que vinha de algum lugar bem próximo. Começou a procurar o que era, olhando com cuidado ao redor de si para não esmagar a coisinha piante. Se levantou tentando não mover demais as pernas e percebeu que o som vinha de trás de uma pedra próxima dali. Quando foi lá, viu um passarinho muito pequeno e quase despenado, um filhote que devia ter caído do ninho, pois ainda tinha partes do corpo com os pelinhos que se tornam penas quando amadurecem. Aikatenê procurou nas poucas plantas daquela ilhota, mas não encontrou nenhum ninho. O passarinho piava triste, mas parecia que ia viver, protegido pelas palmas da mão do pajé. A coruja companheira estava impassiva, empoleirada no alto do patauá. O pajé pegou algumas das frutas e mastigou bem miúdo, colocando um pouco daquela polpa na ponta de um dos dedos e dando para o passarinho, que comeu aos poucos aquela refeição. O pajé repetiu a ação até que o filhote se recusou a comer mais, então tirou um paneiro bem pequeno da bolsa de cipó titica que carregava, passou o conteúdo para outro paneiro e procurou algumas palhas secas no chão para improvisar um ninho para seu novo afilhado de penas. Colocou o bichinho lá, que deve ter se sentido à vontade com a nova casa e a barriga cheia, pois caiu logo no sono. O pajé colocou o paneirinho no chão devagar e tentou se orientar. Andou pela ilhota e tentou enxergar a margem de onde veio, mas estranhamente parecia que estava mais longe do que quando atravessou. A outra margem estava igualmente longe. O rio descia se afunilando com a floresta dos dois lados. Resolveu ir para a outra ponta da ilha para ver o que havia na direção da subida do rio.

Assim que se aproximou da ponta, quase morreu de susto. Algo muito grande se mexeu na água de repente e o pajé se assustou tanto que não conseguiu nem gritar. Da água saiu uma cabeça enorme e pontuda, como uma cobra. Mas alguma coisa estava estranha, pois a cabeça estava virada para a direção da subida do rio e o rabo da "cobra" parecia passar por debaixo da ilha. Se recuperando do susto, Aikatenê andou um pouco para os lados e viu que a tal cobra na verdade era a cabeça de uma tartaruga enorme de grande, os olhos dela vidrados no caminho em frente. Notando o pajé, a cabeça se virou levemente e os olhos dos dois seres vivos se encontraram por um instante. A tartaruga voltou a mergulhar a cabeça e dessa vez o movimento fez a ilha toda tremer, acordando o passarinho que começou a piar desesperadamente. Aikatenê correu e recolheu o paneirinho, trazendo-o para perto de si. A tremedeira parou, mas podia-se sentir um certo movimento e o som da água nas beiras da ilhota. A tartaruga era a ilhota! Aikatenê estava no casco dela e ela estava nadando rio acima. O pajé entendeu então que Tupã havia lhe arrumado um jeito de andar pelo rio, mesmo que muito devagar. Aikatenê se sentou, limpando o chão dos galhos para fazer um lugar confortável para dormir e se deitou, vendo Kûara se refletir magicamente nas águas barrentas e na cabeça da cascuda, que de vez em quando saia para respirar. Era melhor relaxar, pois parecia que iria demorar um bom tempo por ali.

## Curumim-de-fogo

Iwaruku-tê se afastou devagar da esposa que dormia, a luz de Jaci iluminava aquela clareira e ele via que finalmente as lágrimas secavam das bochechas da cunhã, que caiu de sono por exaustão e tristeza. Já fazia dias que andavam sem rumo pela mata procurando por Wakirawa-ká e nada. O pajé não entendia como, pois depois que foram separados pela Iara, eles conseguiram seguir na mesma direção. A velha era cega, não poderia ter ido muito longe. Ainda assim, não havia cheiro nem trilha, nenhuma pista sequer que desse a direção. A preocupação era grande, pois se a Iara antes tinha se irritado por causa de caça, agora é que ela deveria estar brava, depois de ser transformada em areia.

O que Iwaruku-tê não entendia é que antes da separação não havia motivo para a Mãe d'água fazer tanta perseguição. Tudo indicava que algo muito maior estava acontecendo além do conhecimento dos três abás, que no fim do dia só queriam chegar em Mamoré, onde a promessa de uma vida de sossego para criar a cunhatã bebê os aguardava.

O Padrinho não deveria ter aparecido para eles, era melhor viver sem a benção dele, se isso significava um destino de tristezas como esse. Iwaruku-tê sentiu uma raiva tão grande por todos esses anos de vagar pela mata sem nação e com um destino tão longe e tão incerto. Quando encontrou a felicidade em uma companheira e uma mãe adotiva, Tupã resolveu colocar tudo isso no caminho. O pajé começou a chorar de raiva, cansaço e tristeza. Tinha saudade da filha e da sogra, de sentar-se com a bebê nos braços e deixar a velha tentar ver seu futuro enquanto afagava seu cabelo e lhe dava um cheiro no pescoço. De ouvir o riso da esposa quando a bebê ensaiava alguma palavra ou se mijava toda em seus braços, sem aviso e ainda por cima rindo, como se fosse uma travessura que pregava no pai para fazer a mãe e a avó rirem. Com toda essa raiva, sentiu o tipiti que levava amarrado nas costas e o jogou o mais longe que conseguia. O espremedor, sendo feito de palha, não foi longe e caiu por ali mesmo. Iwaruku-tê queria gritar de raiva, mas pensando na mulher que descansava, simplesmente se deixou ajoelhar e começou a chorar baixinho, quase engolindo os sons que queriam sair tão forte de seu peito.

Entre as lágrimas e a luz de Jaci, que passava tímida entre as pequenas aberturas do dossel, o pajé-marido percebeu uma luz minguada se aproximando e se levantou em um susto, pois podia ser algum abá de uma nação em cujo território estavam sem saber e sem permissão, ou alguma outra coisa da mata.

Quando conseguiu ficar de pé e enxugar os olhos com o antebraço, viu aquela figura pequena e familiar na frente, segurando o tipiti de um jeito como se oferecesse de volta o espremedor arremessado. Era o curumim de cabeça de fogo, que lhe olhava com seus olhos de estrela e um sorriso cheio de dentes azuis. O pajé baixou a guarda e a cabeça e as lágrimas lhe correram ainda mais pelas bochechas bronzeadas por Kûara. O curumim se aproximou e colocou o tipiti em uma das mãos do pajé, que se sentia tão derrotado quanto no dia em que sua nação morreu. O curumim enxugou um dos lados do rosto do pajé com um dos dedos pequenos e levou um pouco das lágrimas colhidas à boca. O pajé esqueceu a dor toda por um momento e observou a criança da mata provar sua lágrima. O fogarentinho fez uma careta quando sentiu o sal do pajé e fez uma careta tão feia que Iwaruku-tê não se aguentou e começou a rir. O curumim olhou confuso de volta para o pajé e também começou a rir, seu riso de barulho de mata quando venta muito forte aumentado em volume e se misturando à risada do abá. A luz das chamas, que eram o cabelo do curumim, aumentou com todo aquele riso e iluminou aquele pedaço de floresta, assustando um pouco Iwaruku-tê. O pajé esqueceu um pouco a dor e o cansaço e o curumim, finalmente parando de rir, deu uma das mãos ao pajé e seguiu em direção a Makira-wê. O pajé tentou explicar que ela dormia cansada e que não queria perturbá-la. O curumim fez um gesto e mostrou uma cabaça que carregava. Ele tirou a tampa e ofereceu ao pajé, que cheirou o líquido, mas não conseguiu identificar o que era. Quando foi pegar na cabaça para beber, o curumim puxou de volta e fez-se entender que aquilo não era para

Iwaruku-tê e sim para Makira-wê. Ele se sentou ao lado da cunhã e com jeitinho deu de beber a ela. Ela se engasgou um pouco, mas não acordou, o que muito surpreendeu o pajé, já que a esposa costumava cutucá-lo no meio da noite por qualquer movimento ou ronco que ele fizesse.

A cunhã se sentou, mas ainda estava dormindo. Dormia que roncava, o que colocou um pequeno sorriso no rosto do pajé. O curumim então pegou na mão da cunhã e deu para o pajé, gesticulando para que o seguisse. Iwaruku-tê se preparou para colocar a esposa no ombro e carregá-la, mas quando ele puxou o braço, ela simplesmente se levantou. Era muito estranho que ela continuasse dormindo e ainda assim estivesse de pé ali, segurando na mão dele. O pajé continuou olhando para a esposa perplexo, mas resolveu puxar a mão dela um pouco mais e ver o que acontecia. A cunhã começou a seguir a direção onde ele puxava e ele entendeu o que a bebida que o curumim deu para ela fazia. Começou a andar segurando a mão da mulher, que o seguia logo atrás, inclusive evitando raízes e troncos do mesmo jeito como ele fazia.

Como tudo tem consequência nessa vida, se perguntou se a mulher não ia estar cansada quando acordasse ou se teria energia para seguir em frente. O curumim da cabeça de fogo começou a andar um pouco mais rápido e Iwaruku-tê teve que apertar o passo. Enquanto seguia o curumim, a sensação que tinha era de que estava indo na direção errada, mesmo vendo ele ali na frente, na direção para onde ia. Tentou olhar para o rastro que ele deixava, mas os pés invertidos deixavam marcas no chão que lhe embaçavam a visão. O abá começou a se sentir confuso e ouvir o barulho de vento nas folhas em toda parte, a floresta parecia que começava a girar e ele segurou firme nas mãos da esposa adormecida, com medo de perdê-la. Quando deu por si, estava no meio de um cipoal medonho, com tiriricas enormes crescendo por todos os lados. Olhou ao redor procurando o curumim de fogo, mas não conseguia ver nada. Até Jaci deixava aquele pedaço da mata escuro. Preocupado, tateou nos cipós e encontrou um que fosse forte, mas flexível e fino. Cortou um pedaço e amarrou na própria cintura, deixando uma sobra para amarrar na cintura da mulher. Quando chegou perto dela para amarrá-la, sentiu sua respiração pesada e sorriu. Mesmo naquela escuridão toda, sua companheira estava ali. Ele sabia que nunca mais ia ficar só, desde que chegou na aldeia dela. Quando começou a fazer o laço, sentiu os braços dela lhe envolvendo e falando seu nome. Ele respondeu, achando que ela tinha acordado, mas ela não disse nada de volta, simplesmente desfez o abraço segurou na mão do pajé. Tentando enxergar melhor, Iwaruku-tê fechou os olhos para se acostumar com a escuridão. Nisso, a cunhã começou a andar, puxando o marido pela mão. Ele abriu os olhos e ela parou, soltando um ronco. Ele não entendeu o que aconteceu, mas resolveu fechar os olhos de novo. Novamente, a cunhã começou a andar, puxando o marido pela mão. Ele resolveu abrir os olhos de novo e ela parou. Percebendo que havia muito mais naquela bebida do curumim das matas do que ele sabia, resolveu confiar e fechou os olhos, dessa vez deixando a esposa adormecida lhe levar pela mão.

Andaram por uma distância que não parecia ter fim. Foi difícil no começo, pois o abá estava com medo de pisar em toco de galho ou alguma cobra, mas a caminhada foi tranquila. De vez em quando ele sentia algumas folhas roçarem em seu braço levemente, ou até mesmo sentiu que pisava na água em algum momento, mas seguiu confiante nas forças que levavam os dois abás para frente. Depois de muito tempo começou a sentir um calor e uma luz em suas pálpebras. Percebeu que o dia raiou e chegaram à alguma praia ou baixio, pois sentia a areia no chão. Makira-wê parou e o pajé abriu os olhos. A esposa continuava dormindo e foi se sentando e depois se deitando no chão. Estavam mesmo em uma prainha, um pedaço de areia na beira de um igarapé. Sentiu-se cansado da longa caminhada e deitou-se ao lado da esposa. A areia fria lhe descansou os músculos e pôde relaxar um pouco. Todo o desespero da noite anterior se dissipou, pois percebeu como a mata tinha cuidado dele esse tempo todo. Fechou os olhos, pensando em quando iria rever a sua filha.

Acordou com os sacolejos de Makira-wê, que o chamava sem parar. Ele viu a cunhã assustada e com a mão na boca, fazendo sinal para que ele escutasse.

Era um choro de bebê.

## Nova Semente Velha

Aikatenê tinha perdido a noção do tempo nas costas da ilha-tartaruga, sua rotina era comer, alimentar o passarinho e esperar. Os botos nadavam perto da ilha, às vezes. Mas como a tartaruga nadava devagar, eles acabavam indo embora. Ele até conseguia pescar de vez em quando, mas se conformava em comer peixe cru, já que não havia lenha para fazer fogo. Quando dormia, Aikatenê sonhava com sua nação e via o novo pajé e suas cobras reinando sobre seus parentes, que não pareciam incomodados em adorar a Mãe-cobra em vez da Iara. Algumas noites ele também sonhava com Zanzenê, mas era difícil de vê-lo pois estava sempre no meio de uma névoa. Quando tentava falar com ele, o abá abria a boca, mas só saia o rugido de uma onça. Além disso, ele também sonhava com três abás, mas sempre os via do alto, nunca perto o bastante para ver quem eram.

O pajé estava perdido nesses pensamentos quando percebeu que o vento tinha parado e o passarinho começou a piar. Ele se levantou e viu que tinham chegado em algum lugar onde havia muitas outras ilhas. Andou em direção da cabeça da tartaruga, mas ainda estava embaixo da água. Tudo estava quieto por ali e ele resolveu ver como o passarinho estava. Quando chegou no ninho, viu que o passarinho tinha mudado, de alguma maneira. As penas haviam crescido e cobriam o corpo todo e eram marrons nas costas e amarelas no peito. Uma faixa branca lhe cobria os olhos. Quando ele estendeu a mão, o passarinho pulou e se empoleirou em dos dedos. O pajé olhou o penosinho com mais cuidado e percebeu que ali estava um puintaguá[18]. Como se entendesse o que o pajé estava pensando, o pássaro soltou seu canto, que ecoou pelo rio, viajando no vento e sumindo no horizonte. O silêncio voltou, mas por muito pouco tempo, pois a ilha começou a se movimentar. Achando que a tartaruga iria começar a nadar novamente, Aikatenê andou de volta para o lado da cabeça e viu só a ponta fora d'água, as narinas enormes da tartaruga se abrindo e fechando.

Um estrondo surgiu de repente, como o barulho de uma árvore que cai na floresta com toda força, revirando as raízes e quebrando as árvores menores no caminho. Em seguida começou um canto que parecia o canto dos guaribas, um coro rouco e contínuo, longo e assustador. Aikatenê tentou ver a margem do rio, mas eles estavam cercados de ilhotas como a dele. A tartaruga então ergueu a cabeça para fora d'água, a boca aberta emitindo aquele canto que arrepiava a espinha do abá. Foi então que o pajé viu as outras ilhas se mexendo também e uma a uma, cabeças de tartarugas começaram a sair da água, se unindo ao coro rouco. O puintaguá também começou a

---

[18] Bem-te-vi (*Pitangus sulphuratus*)

cantar, batendo as asas e Aikatenê levantou a mão que o empoleirava, fazendo com que o passarinho saltasse em pleno voo, um voo rápido e arrodeando a ilha-tartaruga que servia de casa e transporte.

Aikatenê sorriu ao ver a criaturinha que tinha cuidado com tanto amor durante aqueles dias voar e cantar com tanta força, o canto agudo cadenciando com o coro sem fim das tartarugas. Uma ybatinga[19] grande se desfez no céu e Kûara reapareceu, o brilho cegando o abá, que fechou os olhos e sentiu o calor em seu rosto. Era o calor bom que chega depois dos dias de friagem ou de uma chuva longa, quando se sente o sangue correndo pelas veias e a pele receber toda aquela luz. Aikatenê estendeu as mãos para cima para receber mais da energia do marido de Jaci.

Foi daí que ele sentiu seus pés se enterrarem na terra que repousava nas costas da tartaruga. Sentiu os dedos se espalhando e buscando a água da terra, sugando com força e recebendo em suas veias a força de tudo que tinha por ali. Sentiu o corpo enrijecer a criar uma casca, que endurecia cada vez mais e engrossava, se tornando cada vez mais forte. Suas mãos, que recebiam a luz de Kûara, se estenderam ainda mais e seus dedos começaram a esticar, ficando finos e enverdecendo nas pontas, de onde brotaram folhas, cada folha uma nova mão com cinco dedos. Quando percebeu, tinha tantas mãos que não conseguia ver todas, apenas senti-las através do calor que recebia dos céus. Começou a sentir muito sono, mas seu corpo não podia se curvar para se deitar, não que precisasse, pois

---

[19] Nuvem

sentia que naquela posição estava bem, podia dormir ali mesmo, daquele jeito. A última coisa que viu antes de fechar os olhos foi o que parecia ser uma cobra feita de fumaça, que havia se enrolado em um de seus tantos braços e que soltava faíscas cada vez que colocava a língua para fora.

Aikatenê abriu os olhos, mas sabia que estava sonhando. Dessa vez não sonhou com seu parente e nem com aqueles três abás que sempre via do alto, dessa vez se viu de volta no ventre de sua mãe. Ele não sabia como lembrava de ter estado ali, mas sabia exatamente onde estava. Mas dessa vez, uma luz vermelha o rodeava, brilhando através das paredes macias que o protegiam, seus olhos sem pálpebras podiam ver tão bem quanto os olhos que tinha quando era homem. Tentou mexer o braço e sentiu a ligação com a mãe saindo da barriga, viu as memórias de seus pais, avós e família distante correndo na seiva que o alimentava, viu todos os animais que morreram naquele chão onde sua mãe pisava se tornando terra, se tornando planta, se tornando fruto e se tornando terra novamente. Tudo fluía para ele e ele fluía com tudo, vendo abá, bicho, planta, terra, chuva e até mesmo rocha correndo para dentro de sua barriga. Viu a memória da primeira planta que cresceu ali, quando a terra era toda desnuda e triste e Kûara era jovem e muito mais forte e cruel, assando o chão com vontade, seguido de Tupã, que jogava seus relâmpagos e estraçalhava o chão, o mato e as árvores, abrindo buracos por toda parte. Viu o chão mexer, a água salgada alagar e depois desaparecer, deixando a terra viver de novo e um novo rio de água de beber correr por ali, primeiro mirrado, mas cada vez mais forte, correndo como o vento corre no dossel das árvores quando a chuva está para chegar.

E viu a Mãe-cobra, a grande cobra, engolir aquele rio e deixar outro maior e mais largo no lugar dele, serpenteando com seu corpo enorme.

Sentiu então uma bicada nas costelas, uma pontada que lhe tirou a carne, mas não lhe trouxe dor. Olhou ao redor procurando as paredes rosadas que o protegiam, mas só viu escuridão. Tentou sentir sua ligação com sua mãe, mas não estava mais ali, a seiva tinha parado e as visões também. As bicadas continuaram tirando toda a carne do seu corpo, até que finalmente uma luz apareceu e viu a cabeça do puintaguá. Ele tinha crescido e era muitas vezes maior que um homem, como o tamanho de um homem para um filhote de mucura. O pássaro o encarou, virando a cabeça para os lados rapidamente e aproximando os olhos para bem perto de Aikatenê. Quando o abá achou que ia ser comido pelo passarinho que cuidou com tanto amor, o puintaguá soltou seu canto, que soou tão alto como a força de Tupã quando acerta o chão de pedra. O puintaguá fechou uma das garras ao redor do corpo do pajé e alçou voo.

Aikatenê viu o chão ficando cada vez mais longe, as ilhas-tartarugas lá embaixo, cantando seu canto rouco. Viu a árvore que cresceu onde estava, frondosa e cheia de vida e viu o rio ficar pequeno. Tentou mexer os braços e virar a cabeça, mas não podia. Sentia como se o corpo tivesse virado uma pedra pequena e redonda, mas ainda sentia como se fosse um abá e não algo diferente. Dentro daquilo que achava que era um sonho, resolveu dormir para ver se acordava novamente.

Acordou confuso com o que estava acontecendo. Ainda sentia a garra de seu afilhado de penas carregando seu corpo. Tinham pousado em um chão de terra preta, no meio de uma clareira. Kûara brilhava gentil através das folhas. Um filhote de queixada estava ali, o focinho fungando a terra. O queixadinha meteu uma das patas naquela terra preta e cavou, grunhindo e guinchando e deixando um buraco arredondado. O puintaguá se aproximou e largou Aikatenê ali, dentro do buraco, que só viu aquele focinho lhe cobrir de terra, fazendo tudo entrar na escuridão de novo.

Agora Aikatenê se assustou, pois se aquilo era um sonho, era muito assustador. A terra que o cobria parecia ser macia, então esticou um dos braços o mais que podia. Sua mão sentiu o ar fresco da mata. Encorajado pela sensação, esticou o outro braço e com alguma dificuldade, conseguiu se apoiar nas pernas e estirar o corpo para fora do chão. Esticou o corpo e sentiu como se crescesse, como se se estirasse longo e fino, alcançando o dossel. Sentiu suas muitas mãos se abrindo, buscando Kûara cada vez mais longe e mais alto, e sentiu as mãos das árvores da mata ao redor, se tocando gentilmente quando ventava e quando chovia. Cantou com o vento e aparou a chuva com as mãos, sentindo-se agradecido e amado por estar em tão carinhoso chão. Estava contente e completo, suas memórias eram de dias em que Kûara sorria para ele e para mata e Jaci afagava suas mãos com ternura. Que felicidade.

Mas começou a sentir a pele coçar, uma coceira sem fim no couro todo. Incomodava demais, de um jeito que nunca tinha sentido uma comichão como aquela. Nem quando tiririca lhe cortava as canelas era tão incômodo. Começou a se contorcer, tentando livrar os braços para poder coçar onde desse, mas acabou tombando no chão. Abriu os olhos e viu o dossel das árvores, virou a cabeça e viu que estava deitado, as formigas andando por cima de seu corpo, que estava em volto em algum tipo de couro transparente. Abriu os braços com força e consegui rasgar aquela bolsa que o aprisionava. Se levantou e olhou ao redor. Sabia que estava acordado, mas não entendia como tinha chegado ali. Virou-se e viu uma árvore muito grande, com um tronco mais grosso que seu corpo e uma abertura enorme no meio. Estendeu uma das mãos para dentro do tronco e entendeu. Aquela árvore era seu eu.

O puintaguá aterrissou e se empoleirou em seu braço estendido, soltando seu canto baixo e de maneira tímida. Parecia cansado e um de seus olhos havia se tornado esbranquiçado. Aikatcnê fez uma concha com as mãos e o pequeno se empoleirou bem no meio. Cantou mais uma vez e abriu suas asas, exibindo seu lindo peito amarelo mais uma vez. Fechou as asas devagar enquanto caía para trás, seu corpo perdendo a vida em um último canto de despedida.

Aikatenê chorou a partida de seu afilhado, chorou com lágrimas fartas de saudade e de tristeza. Colocou o corpinho dentro do oco da árvore de onde tinha renascido, cobrindo-o com pequenos galhos e ramos dali ao redor. Ficou ali até o dia seguinte, chorando e lembrando tudo aquilo que passou. Finalmente, quando Kûara estava alto no céu, sentiu fome e se levantou, levando o amor daquele passarinho consigo.

Agora precisava saber onde estava. E para onde ir.

## Abá Curumim, Curumim Abá

O Padrinho chegou ao centro de uma clareira grande, as árvores eram espaçadas e o calor de Kûara descia até o chão, morno e afável, cobrindo as folhas secas que eram tantas que se afundava o pé quando se andava. O dossel era tão bem espaçado que o vento rolava para dentro da mata, espalhando um chamego nos bichos e nos troncos das árvores, que ali sorriam para quem pudesse ver ou ouvir ou sentir ou até cheirar o sorriso de uma árvore. Isso tudo era recebido pelo Padrinho com amor e com alívio, pois até mesmo ele se cansava das caminhadas da vida e dos vais e vens da floresta que nunca para quieta. Tupã, de vez em quando, joga um raio onde não deve e acaba queimando o que não queria. Se não é fogo é água de chuva que deveria passar e não passa, se não é isso é desavença de cipó com orquídea com árvore com formiga. E leva-se muito tempo para resolver esse tipo de briga.

Mas até isso o Padrinho gostava, essas coisas do dia a dia. Quando vinha mudança grande é que era uma agonia. Mas até mesmo aí, ele descansava bem, quando descansava. Fechava a bocarra da barriga bem fechada e cobria o olho com uma das mãos, virando uma pedra bem grande, plantada no chão. Quando repousava dessa maneira, nenhum outro ser vivo podia vê-lo, só se via uma pedra ali, quieta, imóvel e impassível. As árvores ao redor até sabiam que era ele que estava ali quieto descansando, mas não falavam nada, nem mesmo entre si, pois árvore vive mais que abá, bicho e até mesmo mais que alguns espíritos, ou pelo menos era o que se acreditava. Além disso, árvore aprende pelas raízes no chão do que foi e do que ainda será, aprende pela luz de Kûara e de Jaci, aprende pelo som do vento que as faz dormir e aprende pela chuva tamborilando em cada folha, galho, tronco e raiz. Então, árvore sabe das coisas e sabe que é melhor deixar o Padrinho dormir quando ele quer dormir, por isso não se fala nele quando ele não quer ser falado pela boca alheia.

O Padrinho sabia da vida das árvores, não no sentido da boca pequena, mas no sentido que, de toda a natureza, elas eram as que mantinham todo o conhecimento, mesmo que fosse só para aquele pedaço de chão. E era por isso que hoje ele estava ali, era dia de seu compadre morrer e seu afilhado nascer, e eles eram a mesma pessoa que vinha e que vai, chegou a época do abá velho virar curumim novo, pois assim se apreciava a velhice e a juventude, a dor e a saúde. Isso não valia muito para ele, pois seu caso era diferente por desígnio de Tupã, mas antes que pudesse lembrar do tempo de antes de seu tempo, resolveu fazer o que estava ali para fazer. Andou até a árvore que estava no meio daquela clareira e olhou para cima. O tronco liso, pouco enrugado tinha coberto tudo. Aquela árvore não era árvore, mas um cipó matreiro que cresceu ao redor de outra árvore, sufocando-a e roubando tudo dela. Normalmente cipó não se arriscava tanto, se contentava em se pendurar e agradecer qualquer árvore que deixasse que se pendurasse. Até escada-de-jabuti não se atrevia tanto em querer roubar a vida de outra árvore assim.

Mas onde outras plantas e bichos viam maldade, o Padrinho via tenacidade, que era algo que ele precisava para trazer seu cunhado de volta e colocar nele ainda mais esperteza para lidar com tudo o que vinha pela frente. A Cobra-açu cresceu e começou a serpentear e tinha provado o gosto do leito do rio e gostado. Isso parecia ser sinal de que as coisas iam mudar, mas mesmo no coração da floresta não se sabe o que acontecerá, então se olha para frente, onde está o passado, tão nítido e claro. O futuro de tudo se esconde nas costas, sorrateiro como a sombra criada na luz de Jaci. E quando a rotina parece que vai mudar, é melhor ter seus parentes por perto.

O Padrinho meteu uma das mãos na boca que tinha no meio da barriga e tirou de debaixo da língua uma semente grande, do tamanho de uma castanha. Com uma das mãos, ele apalpou a árvore-cipó, que reclamou do barulho, pois estava enamorada de Kûara, já que o dia não tinha ybatinga grande. O Padrinho explicou a situação e o cipó-árvore ficou transtornado, pois não queria morrer ali depois de tanto trabalho que teve em estrangular a árvore-árvore. O Padrinho garantiu que seu parente só ia crescer ali, não ia levar a vida da árvore-cipó, mas ia aprender como todos que aprendiam quando viviam ou reviviam dentro da madeira, seja ela dura ou macia. O cipó-árvore, contrariado, deixou que fosse plantada a semente ali mesmo no seu pé, entre uma das raízes que ainda sobrava da árvore-árvore. O Padrinho fechou o buraco e cobriu com folhas velhas, se sentando ali com as costas apoiadas no tronco. O dia começou a passar e ele fechou a boca e cobriu o olho. Dormiu.

Quando acordou, o cipó o havia abraçado, ou melhor, abraçado a sua forma de pedra, as raízes enroladas ao redor de sua barriga e das pernas. Saiu dali com facilidade e olhou para cima. Kûara estava alto, mas as nuvens cobriam o céu, deixando só a luz cinza brilhar na mata. Pelo jeito, tinha dormido o tempo certo e seu parente deveria estar já renascido e crescido. Olhou para cima e ouviu o lamento do cipó-árvore de que esse parente não cresceu no tamanho certo, ainda estava curumim. O Padrinho pediu paciência e já ia sair dali, quando uma chuva forte desabou sem aviso nem cerimônia naquele pedaço da mata. O vento apareceu com raiva, jogando os pingos da água com tanta força que não demorou e o Padrinho já estava ensopado. As outras árvores por ali se balançavam e rangiam com a força da água e do vento e não tardou para se ouvir alguma delas caindo em algum lugar.

De repente, um raio desceu do céu, acertando em cheio a árvore-cipó com toda a ira de Tupã. A maldade do cipó estrangulador não foi esquecida, pelo jeito. O raio veio com tanta força que a floresta se iluminou e nem mesmo o Padrinho podia ver. Quando o clarão terminou, ele só viu o cipó-árvore tombando, rachado no meio pela fúria do tuxaua dos trovões. Correu para ver o estado do tronco quando viu um fogo se alastrando pela copa da árvore-cipó. Se apressou e procurou onde o seu parente estava crescendo naquela árvore, quando viu um fruto, do tamanho de um curumim, tombado perto da copa em chamas. Abriu o fruto com as unhas de onça que tinha na ponta dos dedos e tirou o corpo do parente dali. Tentou se afastar das chamas, mas ouviu um sibilo de dor e desespero e viu uma cobrinha esmagada por um dos galhos do cipó-árvore tombado. Estendeu a mão e a tirou dali, carregando o corpo do compadre no ombro.

A cobrinha sibilava e se contorcia de tanta dor que ele deitou o corpo do parente de lado e a segurou, já pensando que talvez fosse melhor enviá-la desse mundo para nascer de novo. Acariciou o corpinho da serpente, entoando um canto secreto e quase silencioso, reservado para adormecer os animais feridos. A cobrinha parou de se contorcer e foi fechando os olhos devagar. Ainda se podia sentir o coração dela, mas o Padrinho sabia que ela não ia mais acordar. Enrolou ela com cuidado em um círculo na palma da mão, como as cobras fazem quando estão dormindo encolhidas embaixo de alguma raiz ou planta, e andou em direção à copa do cipó-árvore que ainda ardia, cada vez mais minguado. Queria mandar o espírito da cobra para Tupã, assim talvez ela pudesse voltar como um pássaro, Colocou ela com cuidado no meio do fogo e entoou outro canto, um canto mais triste que fez as árvores ao redor chorarem. O cipó-árvore havia morrido com o raio e já tinha partido de volta para a terra, não que as plantas ao redor fossem sentir falta dele, mas a cobrinha tinha acabado de chegar no mundo e morreu por um acaso que ninguém entendia. O Padrinho terminou a canção e fechou o olho. Todos os dias morria uma bicharada, de várias maneiras e de vários graus de maldade e de bondade, mas a morte nunca é fácil de ignorar quando acontece na nossa frente e sem fazer muito sentido, mesmo quando se vive muitas vidas.

De repente, sentiu uma mão pequena lhe abrindo uma das mãos e abriu o olho, se curvando para ver quem era aquele pedaço de gente que estava ali, quando viu que era seu parente renascido, ainda um curumim por conta da morte prematura do cipó-árvore. O parente fez sinal para o Padrinho esperar, se virando e andando na direção do fogo e sumindo no meio da fumaça. Quando saiu de lá, seu cabelo estava em chamas, mas ele parecia inabalado. O Padrinho colocou a mão na cabeça do parente recém-renascido para apagar o fogo, mas só sentiu o couro cabeludo sem cabelo. O fogo não lhe queimou a mão, também, o que era muito curioso. O curumim trazia nas mãos a cobrinha, ou o que tinha sobrado dela – parecia um ninho de passarinho queimado. O curumim então colocou o corpinho na própria cabeça e dessa vez o fogo que ali estava começou a queimar e estalar e fazer faíscas sem parar. Não demorou muito e o curumim baixou as mãos e agora ali estava a cobrinha, se mexendo devagar como se tivesse acabado de acordar. O corpinho agora era todo feito de uma fumaça branca e cinza que parecia que ia se dispersar, mas continuava concentrada na forma do corpo da cobra. O Padrinho sorriu e estendeu a mão, para onde a cobra deslizou, se enrolando no pulso peludo dele. Com um dos dedos da outra mão, ele acariciou a cabecinha do bichinho de fumaça, que começou a faiscar com cada afago, O Padrinho começou a rir alto, a bocarra no meio da barriga se abrindo com satisfação. O curumim também riu, mas em vez de voz de gente saiu um barulho de folhas ao vento, que também soa como o barulho da água correndo nos igarapés. O Padrinho parou por um instante para ouvir aquela risada e entendeu que o renascimento prematuro do parente tinha trazido mais do que esperava. Retomou a risada, que ecoou pela floresta, indo tão longe e tão contagiante que naquele dia todos os macacos daquela região riram.

# Agradecimentos

Muitas pessoas foram importantes demais para que este livro acontecesse, de formas pequenas e grandes, quem passou pela minha vida é, em parte, uma influência nesta obra. Muito obrigado, Mãezinha, Xandrinho e Luluzinha. Agradecimentos à família de meu avô, Antônio Leão Alves de Souza e de minha avó, Cleide Duarte, que trouxeram o interior para o "tio-filhinho". À minha esposa, Chaeryung Lee que me encoraja diariamente, mesmo quando não pode ler o que faço. Agradecimentos especiais para meus amigos Ademar Vieira, Lincoln Mar, amigos do Black Eye Estúdio e de muitas aventuras, Tieê Santos e Raphael Russo. A special thank you to Sara Mary Elizabeth Ventura, for believing and encouraging, thank you, always. A todos os demais, que são muitos para listar, meu grande e especial abraço, que Kûara brilhe com felicidade em todos os dias de vocês.

## Sobre o Autor

Alex Souza Bastos nasceu em Manaus em 1983, estudou Engenharia Florestal na Universidade Federal do Amazonas e concluiu seu mestrado e doutorado na Universidade de Kyoto, no Japão. Lecionou no interior do Amazonas até se mudar para os Estados Unidos, onde reside e trabalha como tradutor na indústria de vídeo games. Volta para Manaus sempre que possível e nunca deixa de visitar as feiras da Aparecida e Manaus Moderna.

Impresso usando a fonte livre Lora

www.ingramcontent.com/pod-product-compliance
Lightning Source LLC
Chambersburg PA
CBHW051839170626
46807CB00003B/1264